北京汉阅传播
Beijing Han-read Culture

七曜文库

IKENAMI SHOTARO

池波正太郎

吉林出版集团有限责任公司

蔡鸣雁　译

真田太平记

七

关原

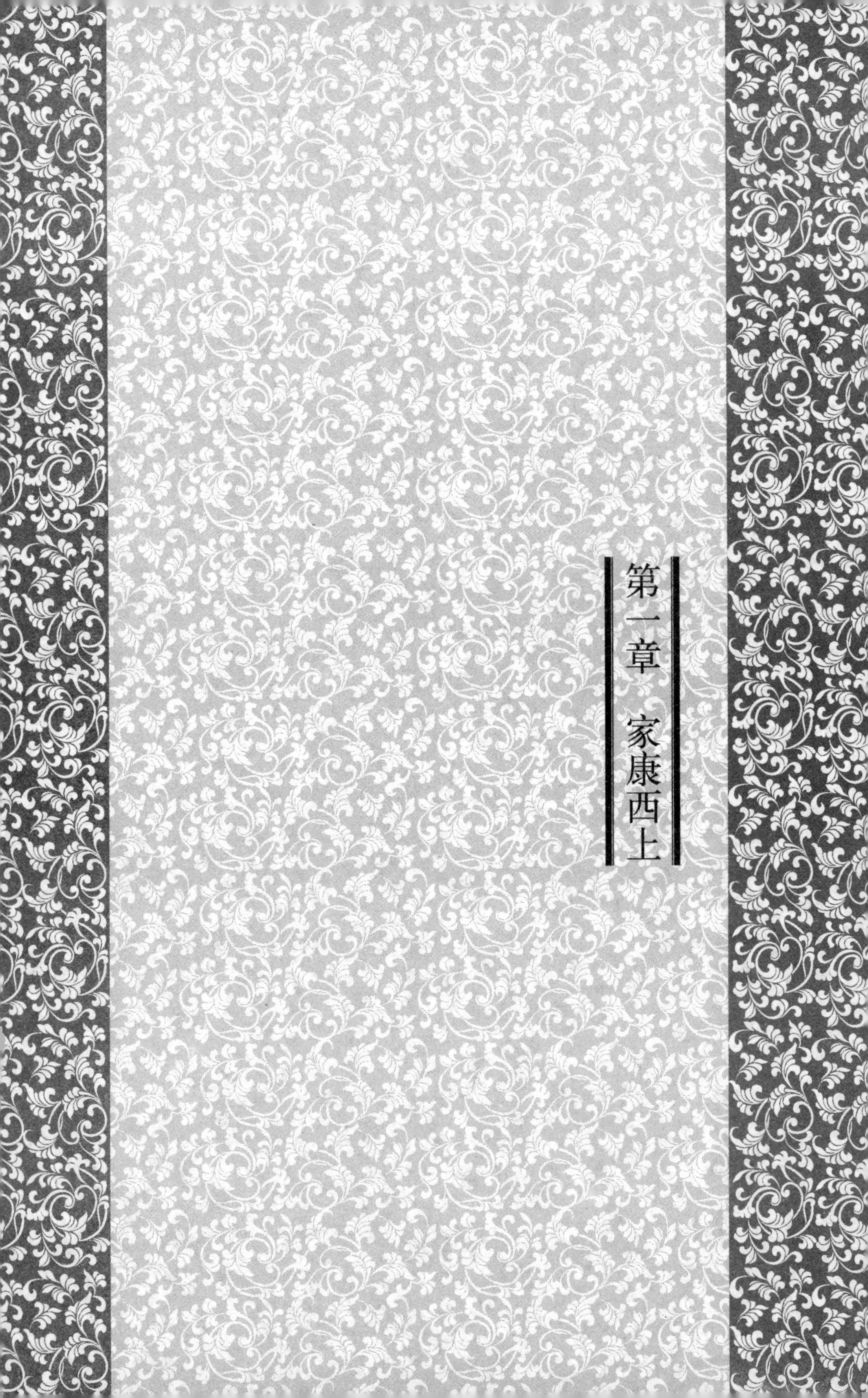

第一章　家康西上

第壹话

另一种说法是——

八月二十四日的夜间，东军里唯有藤堂高虎的部队开进了美浓的赤坂地区，其余部队则在吕久川畔野营。果真如此的话，西军若采纳宇喜多秀家的提案搞个夜袭，或许便可驱逐赤坂的藤堂部队，供西军来此安营扎寨了吧？

总之，第二天（二十五日）时，东军大半汇集到了赤坂。

赤坂驿站南面有座不算太高的山丘名唤"冈山"，也就是今天的御胜山。登上这处山丘南眺，便可将对面一里外以大垣城为中心的西军阵营尽收眼底。

"将这冈山作为内府公的本阵，挺不错吧？"

福岛正则对德川家康的军监本多忠胜和井伊直政说道。

忠胜和直政均无异议。

东军占据了岐阜至赤坂沿线，跟西军的大垣城遥相对峙。如此看来，决战地点就该在这附近了。所以必须尽早请德川家康出马。

可是，这位统帅兀自在江户城里稳坐泰山。

就连一直耐不住性子嚷嚷"没关系，将大垣拿下来吧"的福岛正则都知道，宇喜多秀家的大军如今业已开进大垣。他似乎改变了想法，不再认为能不费吹灰之力击破对方。

"赶紧把这想法报告内府公吧。"

无须正则多言，两位军监是日一早便向赤坂派出了急使。

东军从竹林中砍来很多竹子，系上五颜六色的布，沿冈山的山麓林立至顶。从大垣那边看去，就犹如东军的先锋部队组成了出人意料的大军。

（莫非一部分敌军要继续推进，越过关原，直奔佐和山城？）

石田三成似乎坐不住了。

（中山道被扎营赤坂的敌军控制，这样的话，要不要分出一部分兵力去足以牵制住赤坂的地方……）

事实上，武光忠栋正是因此才去了大垣西南一里远的长松砦，无奈东军甫一开进赤坂，他便弃砦逃向伊势。

忠栋固然不算出类拔萃的武将，却又非胆小懦弱之徒。他的临阵脱逃，完全是因近在咫尺的西军统帅石田三成无意向长松地区增派援兵，以致他无法御敌。

换言之，对石田三成——不，对西军而言，长松砦无关大局。

赤坂和长松之间由此畅通无阻，虽不至于包围大垣，却总归构成了监视大垣的态势。

二十五日之夜，福岛正则派众军士手持火把，从赤坂朝着关原前进，又让他们往返于两地之间。

从大垣看这阵势，犹如东军正源源不断抵达关原。

倘若那些"部队"向西横穿关原，抵达琵琶湖畔，便可南瞰石田三成的佐和山城。

三成慌了神，如坐针毡。他做的第一件事便是派急使赶赴已返回越前敦贺的大谷吉继那里，希望他火速出阵。

该使者出了大垣城，南下越过南宫山之南麓，行经关原。

南宫山的海拔不足五百米，日后却具有重要意义。

概言之，南宫山北侧是通向关原的中山道，现下由东军牢牢掌控；而其南侧贯通关原的道路则由把守大垣城的西军控制。

南宫山将通向关原的道路分成南北两地，而关原则是通向近江甚至大坂的要地。因此，石田三成想让大谷吉继加强对关原的防守。

使者于二十五日的夜间从大垣出发，是三成的两名侍卫。他们谙熟这一带的地形，夜走山路亦不会迷失方向。

同样是二十五日的夜间……午夜时分，大和守山中俊房突然现身于近江国甲贺村的山中府邸。

俊房随德川家康东下，亲自指挥人马以打探诸将动向。眼下，他把后续事务交给了江户德川家康身边的堂弟，只身回了甲贺。

山中俊房素以忍者组织的完备和人数众多而自豪，不料此时竟觉得人手短缺。需要刺探的对象实在太多，他甚至需要派手下的忍者去往遥远的九州和会津的上杉氏地盘。

僧正峰和近江长比的忍者小屋不知被谁偷袭，共计十七名山中忍者遇害，而且这两处忍者小屋地下仓库中储备的火药和其余忍者道具均被一同炸毁。这件事已然传入俊房耳中。

（这是真田家草者干的……）

大和守俊房凭直觉认定。

"不可能吧？"

堂弟山中长俊一副难以置信的表情。

"不，跟你想的不同。"山中俊房苦着脸道，"真田安房守可没打算只在信浓的上田作战。"

"嗯……"

"我们不可大意。跟数年前……不，跟故太阁殿下征朝那时相比，真田草者可是在近江扎根了呢。"

山中长俊当然知道此事，但他没料到真田草者竟会远离主家前线，暗自活动。他无法想象草者会在近江及上方扎根得如此之深，团结得如此之紧。

德川家康决定从攻打上杉氏的路途上扭头西向，跟敌军决战，所以山中俊房通知全体被派去协助攻打上杉氏的忍者返回甲贺。他本人则直到看清形势，认定家康西上没有障碍之后，才穿越战火未平的伊势，经铃鹿峠返回甲贺。

山中俊房刚一回到府邸，便将待命的忍者们召来吩咐道："别放过任何一个从大垣赶往近江、京都和大坂方向的石田三成的使者！"

第贰话

若不将压倒敌方的兵力集中到大垣城，三成就难以安心。

同天夜里，山中俊房抵达甲贺的府邸之前，石田三成派往敦贺大谷吉继处的两名使者便跨上骏马，从大垣城动身了。

因之，当山中忍者们按照大和守俊房的命令开始行动时，两名使者早就穿过了关原。翌日（二十六日）一早，他们沿着琵琶湖的岸边策马北上，当天傍晚便抵达敦贺。

大谷吉继得知情况，立刻着手安排北陆方面的防守工作，火速动身前往关原西南的山中村安营扎寨。

二十六日清晨来临前的那一夜，石田三成几近失眠。

他的忐忑不安一直无法消除。岐阜城的织田秀信虽然奋战，东军的先锋部队仍如怒涛般将岐阜攻陷，轻易扫平了合渡川盟军部队的抵抗，一眨眼便在赤坂排开阵势。

石田三成关注着他们的动向，大气都不敢出上一口。他那墨守成规的脑袋里，从此无论如何都抹不掉西军部队在兵力上处于劣势这一情况。

但是，宇喜多秀家的军团既然抵达了大垣，眼下就算处于劣势亦该相差无几才是。而三成偏偏就对这些微的劣势耿耿于怀。

他太担心跟家康的决战开始前就会损兵折将，结果不仅激怒了从九州前来相助的猛将岛津义弘，更惹来重要臂助宇喜多秀家的厌烦，让西军的士气蓦然低落。

（没办法了……）

三成等不到天明了，他希望坐镇大坂城内的统帅毛利辉元亲来掠阵。若不将压倒敌方的兵力集中到大垣城，三成就难以安心。

"快去！"

携带三成书信的使者由五名骑兵保着，太阳尚未升起便从大垣出发，沿南宫山的南麓直奔关原。

一行六人驰过关原小盆地，沿山路从柏原赶往长沼附近。

突然，南侧的山林里射来了好几支箭——

不止五六支箭。箭纷纷从山林中射出。

"哇……"

"啊……"

两人、三人……骑兵们相继中箭，从马上跌落。

（难、难道敌人攻到这里了？）

携带石田三成书信之人名叫池尻勘太夫，三成对他甚为信任。他昔时战功赫赫，而今却进退维谷。

（无论如何都必须赶到大坂……）

他如此想着，狠狠踢向马腹，往前猛冲，摆脱敌人袭击。身后传来骑兵们的惨叫。池尻听不到背后伙伴们的马蹄声了。

"狗东西！"

池尻勘太郎左手紧执马鞭，右手拔出长刀，一边策马狂奔一边游目四顾。可是，山林中根本看不见敌人的身影。

（好像是逃出来了……）

他估计那是东军的小股兵力来这附近侦察。五名伙伴悉数中箭倒地，但他觉得自己好歹逃了出来。

（快点……只差一点，只差一点点了……）

池尻勘太夫策马狂奔。

流入琵琶湖的天野川沿岸道路两侧，山峰向西绵延。一旦在山间遇袭，那便无路可逃。

（咦？）

池尻的耳朵捕捉到了身后的马蹄声。

（噢……是谁突围跟上来了，是又左卫门还是小兵卫呢？）

池尻勘太夫的胆子壮了，哪知回头一看却吃了一惊。

确实有个汉子纵马从背后奔来。

那匹马像是同伴的马，骑马的汉子却不对头。那汉子未着军装，乍一看去，打扮像是这附近的百姓，却必是敌人无疑——他抢了同伴的马，追赶池尻而来！

（可恶……）

池尻策马狂奔之余，确认了追踪者只有一人一骑。

（好！干掉他算了！）

池尻打定主意，勒住缰绳，停下了马。

“来吧！”

正当他掉转马头之际，追击者的马出现在了杉树林对面的蜿蜒小路上。好像是个身材矮小的汉子。

只见那汉子腰杆一挺，赫然已是箭在弦上！

池尻尚未反应，汉子的箭便离弦飞向了他。

池尻想躲，却没能躲过。那支箭扎进了他的咽喉。

"唔、唔、唔……"

池尻撑不住了。纵然如此，他依然几次舞动长刀，圆睁怒目，强忍着没有当场落马。这时，策马追来的汉子扔掉了弓，拔出腰刀，手起刀落，斩向了池尻勘太夫的脖颈。

池尻的脑袋虽没被砍掉，咽喉和颈部却是伤势致命，回天乏术。他甚至无暇惊呼，便从马背上跌落下来。

紧追着他的汉子停下了马，死死盯着落马后一动不动的池尻勘太夫。

池尻的马向关原方向狂奔而去。风吹动着云朵，遮蔽了太阳。汉子翻身下马，持刀走近了池尻的尸体。

他是一位老者。

老者几近斑白且稀疏的头发在头顶扎成茶刷式发髻，灰色的窄袖和服配着窄筒和服裙裤。耷拉着的眼皮下面，一双小眼睛的光芒非同寻常。

那正是山中忍者——猫田与助。

现在，他恐怕该有六旬了吧，脸上的皱纹沟壑纵横，气色却好得很，而且那色泽竟红润得宛如少年。

猫田与助确信池尻勘太夫断气之后，轻轻靠近，弯下了腰，从池尻怀里抽出石田三成写给毛利辉元的信函。

这时，八名山中忍者追了上来。八人都没有骑马。

猫田与助站起身来。

第叁话

"我不要命了！只要跟真田草者斗上一番……
不，我誓要杀掉马杉市藏的女儿阿江。这是与
助最后的心愿，求您了，求您……"

紧跟而来的八名山中忍者均是土民打扮，手持弓箭。

猫田与助问道："全消灭了？"

忍者们点了点头。

"很好。不要放松警惕！"

"与助大人要去哪里？"

"我有件事必须回甲贺向头领大人报告。"

将包括池尻勘太夫在内的六具尸体藏进树荫之后，八名山中忍者又向关原方向撤回。

猫田与助跨上一名石田骑兵的马，奔向甲贺的山中府邸。

另几匹马则是四下乱跑，不知跑向何方。

天尚未黑，与助便抵达了甲贺。他在山中府邸门前下马，站在空无一物的防护河前，等待着府邸大门前方的"吊桥"降下。

门内放哨的人从瞭望孔中确认了来者乃是与助。

须臾，"吊桥"又吱吱呀呀收了起来。

一眨眼间，猫田与助穿过几道土墙和石墙，来到后院一角的大银杏树下。

猫田与助单膝跪地，眼前是一道类似仓库的建筑物的白墙。

与助对着那白墙说道："与助回来了！"

白墙的一隅张开了一个三尺见方的正方形开口。

只听大和守山中俊房缓缓说道："进来吧。"

待与助闪身进去之后，那扇小门便又悄悄合拢。

宽一间的走廊对面是板门，只要拉开板门就会看到一间近十坪的铺着地板的房间。房间里砌着很大的地炉，山中俊房就端坐地炉之前。

"出什么事了？"

"您看，这个……"与助递上从池尻勘太夫怀中搜出的石田三成的信，解释道，"我猜是从大垣派向大坂的使者……我们将六个人全部结果了。"

山中俊房点了点头，打开信匣。

读罢，他说道："你立功了！"

"果然是给大坂的？"

"是啊，想要请右马头（毛利辉元）出马。"

山中俊房将石田三成的信重读了两三遍，仿佛盘算着某事。

见状，猫田与助问道："我可以退下了吗？"

"噢……等等！"

"有何吩咐？"

"你去趟大坂吧。"

"去大坂？"

“倘若右马头真的率大军出战，咱们这边可就糟了。”

“啊……”

“我们必须尽最大努力不让右马头离开大坂。”

山中俊房对与助耳语了一番。

猫田与助摇了摇头，眼神中满是哀恳，求道：“求您了，与助无论如何都想和真田草者斗上一番。”

“你是说——不想服从我的命令？”

“唉……”与助乱蓬蓬的头发微微颤抖着，耷拉着的眼皮下面的双目中充满了强烈的怨恨，放出针一样的冷光，“头领大人……”

“嗯？”

“大坂这项任务，就算不用与助，亦有很多忍者能出色完成！”

他这话确实不错。

山中俊房的打算是在大坂城内散布谣言。他要通过这些流言飞语，使右马头毛利辉元认定眼下不可轻离大坂，更不可离开秀赖大人身边。

山中俊房似乎很快便想到了这个计策。

诚然，这项任务完全没必要强加给猫田与助，更不是非他就不能完成。只是与助恰好就在眼前，所以俊房才一下子想到将他派去大坂。

然而，俊房身为头领，若允许对方抗命的话，又如何再警示别的忍者？

山中俊房紧盯着猫田与助，目光尖锐而凌厉。

突然间，与助大喊道：“我不要这条命了！”

“你刚才说什么？”

"我不要命了！只要跟真田草者斗上一番……不，我誓要杀掉马杉市藏的女儿阿江。这是与助最后的心愿，求您了，求您……"

"你竟然如此憎恨马杉市藏的女儿？"

"不共戴天！"

"杀死你父亲猫田与兵卫的不是阿江，是马杉市藏！马杉市藏都死了，你真不该再执著私人恩怨。别忘了甲贺忍者的本分！"

"唉……"

"与助，你为何对马杉市藏的女儿如此耿耿于怀？"

与助沉默不语，眼中的凶光消失在眼睑深处。

八年前，重伤垂危的阿江在看守山中府邸内一处忍者小屋的田子庄左卫门的帮助下，成功从甲贺脱身。自那之后，猫田与助对阿江的仇恨更强烈了。

真田草者近来常在京都、大坂至近江一带小打小闹。与助探寻他们的下落之际，甚至曾几次僭越山中俊房之令。

山中忍者们似乎总是在穷追猛赶的过程中失手让真田草者逃脱，而且直到现在都没寻获草者的忍宿和小屋。当他们查出五濑之太郎次待过的大坂备前岛小屋时，草者们早就撤离了那里。再算上僧正峰和长比的忍者小屋被他们偷袭一事，甲贺方面委实牺牲惨重。

山中俊房无疑不会就此作罢，但他的当务之急是向全国各地张网，所以松懈了对上方和近江、美浓地区的布署。

这种事真是让人无奈。

大和守俊房再度回到了甲贺老窝，属下忍者亦是齐聚一堂，往后可以着手准备即将到来的东西两军的决战了。

不过，这实在太仓促了。

德川家康恐怕很快就会西上。就是说，两军之间的决战有望在一两个月内落定尘埃。

倘若偷袭僧正峰和长比那两个忍者小屋的确实是真田草者，那他们应已成为出人意料的劲敌……

山中忍者们似乎认为，既然真田父子回到了上田城，准备迎击东军的第二军，大部分的真田草者便会撤回信州。但是，他们失算了。真田昌幸允许草者们远离主家的战斗，单独行动。

这非常可怕。

山中俊房难以理解与助为何将亡父的怨恨推到阿江头上，却明白若硬要将与助派向大坂，只怕他会不惜单枪匹马、破釜沉舟背叛甲贺，以去和草者一争高下。

日后，俊房不得不承认，这老忍者的执著精神对事态的发展真是大有助益。

"罢了，我准了便是。"

太和守俊房一脸不快，但依然对猫田与助如此说道。

"啊？"

"去吧！"

"我豁出这条命了……我与助豁出这条命了。"

与助长拜不起，口中喃喃念叨着。

第肆话

石田三成虽然当天一早就向大坂派出使者，却依旧忐忑不安。

佐和山城的把守者是三成之父——隐岐守石田正继。而且，三成的岳父宇多赖忠和其子赖重都进城了，三成之兄木工头正澄亦从大坂动身前去。

三成觉得当前最重要的事情就是把东军先锋的动向详细告知佐和山城。

他明明可派使者前往，却总觉得不如亲自回去一趟，以便周详指示。

想到这些，他更是急得坐立难安。

其父正继的政治手腕确实了得，但守城拒敌就很难说了。

这日午后，石田三成突然带二百人急行军回了佐和山城。这无疑不是明智之举。双方对峙到紧要关头，部队眼前便是敌军，统帅却突然离开大营……难免会激怒别的武将。

“这场仗没的打了！”

岛津义弘只惊得目瞪口呆，对侄子丰久如是断言。

三成在两百名士兵的护卫下离开大垣之后，万一东军的先锋来攻，那该如何是好？

"若不亲眼确认近江口的防守，便难以释怀……"

三成用这样的借口离开了大垣。然而，这哪里算是个理由？

战斗，毕竟是打响了啊。统帅离开大营之后，谁知道事态将会怎样变化？

石田三成一行穿越关原，来到近江。是夜，他们的火把排成一线，返回了佐和山城。

这当然逃不出山中忍者的眼睛，但他们根本没想到三成会亲自出动，所以这点人数的忍者无法突袭有二百名士兵陪伴的三成。

接到这一报告，山中俊房问道："此事当真？"

"是，我们确实看到他们进了佐和山城。"

"嗯……"

石田三成此举令俊房费解，他甚至怀疑三成又有了新的打算。

——莫非他是要将计就计？

"继续去佐和山打探！一切小心，千万不可大意！"

"是！"

"猫田与助回来没有？"

"尚未。"

刚才，在大门口负责戒备的人报称与助离开了山中府邸。

俊房一脸不悦。适才，他命"堪当此任"的老忍者北胁留右卫门带三名下属去了大坂。这四人在家康东下时曾到大街上散布种种流言，收效甚佳。这回，他们要火速赶往大坂，多方散布谣言。

一言以蔽之，这谣言便是："增田右卫门尉大人形迹可疑。"

右卫门尉增田长盛以奉行身份留住大坂，跟石田三成保持着密切联系，但前文曾有介绍，长盛当时暗通德川家康。他不会背叛三成和西军，却必须提前安排西军败北后的事情，以防万一。

不光是长盛如此，西军诸将中大有立场复杂之辈，包括统帅毛利辉元都不是欣然出战。他是在奉行们的力劝之下，半推半就被推上统帅之位的。

若趁着这种形势在西军的大本营大坂散布流言，不消说自会蛊惑人心。这便是山中俊房的算盘。

北胁留右卫门他们进了大坂，开始实施阴谋，但欲见成效只怕尚需几日。

这时候……

岐阜城下向东北六里处有个笠神村，在村外的木樵小屋中，阿江似乎正在准备行装。

这本来只是草者的一个小屋，如今却变成了重要根据地。

地下仓库被拓宽了，大量火药和忍者道具更被纷纷运至。

壶谷又五郎和奥村弥五兵卫都来到了这里。

五濑之太郎次如今去了彦根山附近的长曾根地区，向井佐助跟他同行，以便和笠神联络。

和阿江一样是女草者的阿忆换上农妇装束，随其余草者将岐阜至赤坂、大垣途中耳闻目睹的情况逐一上报笠神。

为应对这次决战，如今聚拢在美浓至近江的真田草者共有二十三人。

　　论人数，甲贺的山中忍者是他们的好几倍，这意味着草者不宜将活动范围弄得太大。

　　壶谷又五郎和阿江正谋划着一件事。他们都很关注此事，所以才没有分开行动。

　　恐怕他们就是因此才未被山中忍者发现的吧。

　　"又五郎大人呢？"

　　阿江整好行装，向地炉旁的鞍挂八郎问道。

第伍话

壶谷又五郎在地下仓库里。

"半夜三更的，不出去也罢……"阿江刚一下来，又五郎便从行李之间回过头来，"又没什么要紧事。"

"我两天后就回来。"

"家康都没从江户城动身呢。"

"多打探几次总没坏处。"

"你真能干啊！"

"我一直都这样执行任务嘛……但是，又五郎大人，我的草者生涯会不会随着这次战争结束呢？"

"你怎么会有这样的想法啊？"

"太久了……我不断执行任务，早就倦了……"

阿江半闭着眼睛，喃喃说道。她的话音里颇有几分忧郁。

"是啊……"

"你不累吗？"

"这……我也搞不清累不累。"

"我们草者要想歇歇的话，除了告别这个世界，别无他法吧？"

又五郎似乎深深一叹。

命中注定啊……

又五郎长吁短叹之际，阿江的身影从地下仓库中消失了。

真田家的草者阿江很早以前就开始为东西两军的这次决战奔走，她甚至曾对鞍挂八郎说道："我希望一个人由着性子干上一番。而且，这次的战争之后，我不想活下来了。"

结果，阿江对又五郎提出希望允许她单独行动。

这是三天前的事情。

"你刚刚说你打算脱队？"

"是。"

又五郎沉默了。

"不行吗？"

"先不说这个……你明确提出这事，想来肯定是有一番深思熟虑吧？我想听听。"

"恐怕要让又五郎大人见笑了。"

"见笑又无妨？就凭我和你的关系……"

又五郎此言跟两人间的男女瓜葛无关。

阿江之父马杉市藏本是甲贺的大和守山中俊房手下的忍者。那时候，山中俊房收取甲斐武田信玄的酬金，将手下的一部分忍者派去武田家帮忙工作。

不久，山中俊房决定投效织田信长，遂对分布各地的忍者们下了一道密令，让他们返回甲贺。

当时，除了马杉市藏，尚有数名甲贺忍者拒绝回到头领身边。只因他们敬仰绝代英雄信玄的人格，觉得给信玄效命会更有意义。

当时的情况悉如前文所言。变成武田忍者之后，马杉市藏迎娶了壶谷又五郎的一个远亲，继而生下阿江。

因此，阿江跟壶谷又五郎算是有点血缘关系。壶谷又五郎所说"我和你的关系"指的便是此事。

"笑吧，没关系的。"阿江的脸涨得通红，"哪怕以卵击石，我都想赌一把，取下德川家康的脑袋。"

"你一个人？"

"是。我希望跟大家分开，不再受又五郎大人的指挥，凭我个人的感觉自由办事。"

"你不想活了？"

"就算我抱着那样的决心，干掉家康也很困难。所以，不消说，我肯定不能活着回来了。但是，哪怕只有万分之一的可能，我都想去试一把。我希望把这当成女草者一生的回忆，含笑死去。"

阿江现在多大年纪了？应该是四十一二岁吧。

和男忍者不同，女忍者毕竟是有极限的。当然，她们中不乏以特殊方式活动之人，而且那些人就算成了六七十岁的老婆婆，亦照样可以发挥作用。但是，阿江自幼便混迹于男忍者中，就连奔赴战场、拿起武器作战都不曾推辞。

另一个原因是，阿江从在武田家的时候便一直和壶谷又五郎共同行动。阿江出类拔萃、身强力壮、意志坚强，但女人终究是女人，迄今为止，她马不停蹄地执行高强度任务，背后无疑有着不为人知的苦痛与烦恼。然而，阿江绝不肯让又五郎知道这些。

又五郎正是因此才由衷觉得她一定很是痛苦。

他知道阿江有时会暗恨不是男儿身。

面对这次战争，不单阿江，壶谷又五郎和奥村弥五兵卫都做好了“一去不回”的思想准备。

从又五郎的角度来说，他真的希望阿江可以活下来，希望她继续发挥女忍者的特质，为真田家效命。这是他发自肺腑的想法。

又五郎对阿江寄予的信赖就是如此之深。

然而，阿江觉得她的忍者本领一直都不输男人。

（纵令以卵击石……）

纵令以卵击石，她亦要使尽浑身解数，独自一人去偷袭家康。

——眼下，我尚且不会输给男人！

身心的力量被无休止地长年透支，只要有一瞬间的放松便会渐渐委靡。

阿江无法忍受力量的委靡和变成白发苍苍的老妪忍者。

——是时候了！我要让生命之花空前绽放，而后笑着死去！

她虽然宣称要杀掉家康，其实却没有像样的计划。

她只是想守株待兔，等候即将从江户西上的德川家康，结合现场的事态相机袭击。

她身上的“忍者之血”沸腾了。

壶谷又五郎到底是点头了，对她说道：“那就由着你好了。”

又五郎早就决意指挥来此集合的草者杀掉家康。

除此之外，无路可走。

真田家远在信州上田，不可能提供帮助。

他虽是真田草者，却只熟知刑部少辅大谷吉继一人。

真田幸村和壶谷又五郎不仅将草者留在上方至近江，又从真田
庄的草堂里召集生力军。他们打算孤注一掷，刺杀德川家康。

自不待言，成果尚未揭晓。然而，谁都明白此举得手的可能性
微乎其微。

不过，忍者有本领化不可能为可能。

"阿江呢？"

壶谷又五郎从地下仓库上来，来到小屋地炉边，问鞍挂八郎。

"刚刚出去了。"

"是吗？"又五郎坐了下来，又道，"她说明后天还会回这小屋
一趟……"

"对我也是这么说的。"

"阿江说的？"

"是。"

"那就好。"

无论如何，总算还能再见到活着的阿江一次。

"八郎……"

"啊？"

"马备好了没有？"

"没问题。"

"备酒。今晚就咱俩，偶尔潇洒一回吧！"

说完，又五郎躺倒在了地炉边。

这可真是稀罕事。

第陆话

信幸沉默不语，暗想这简直比上阵击败父亲和弟弟更难……

接下来的八月二十七日，东军先锋攻陷岐阜城的消息传到江户。

岐阜城陷落是在二十三日，捷报只四天便到江户，委实快极。

在这种联络的安排上，德川家康素来都是万无一失。

"噢！"

据说家康接到捷报时只深深点了点头，随即站起身来，使劲用脚跺地。

家康五十九岁，他那旺盛的斗志锋芒毕露。

家康立即犒赏了先锋部队。

"我亲率主力进军东海道，秀忠率第二军经中山道……"

他的回信中阐明了后续的安排。

"我父子二人到达战场之前，各位务必谨慎行事！"

同时，家康向跟上杉军对峙的盟友，特别是伊达政宗和最上义光等人，紧急通告了攻陷岐阜一事。

据说，伊达政宗接到通知之时，断言道："胜负已定。"

翌日，二十八日。

先锋部队又传来合渡川之战胜利的消息。这一次，家康同样命人第一时间将胜利的消息告知伊达、最上。

"九月一日，从江户发兵西上！"

最终，家康下达了命令。

同日，德川秀忠的第二军抵达上州的松井田地区。

伊豆守真田信幸特意从沼田来到松井田迎接他们。

秀忠接见了前来问候的信幸，道："伊豆守想来操了很多心吧。"

这并非讽刺。父亲和弟弟成了敌人，信幸不得不进行战斗，秀忠当然要体察他的心境。

"这没什么……"

信幸克制着道。然而，他的立场确实太难受了。

父子兄弟分别成了敌我双方——

"无论哪一方战败，真田氏的血脉岂非都不会断绝？"

类似这样的议论，秀忠并非没听见过。

话说回来，其父家康派来辅佐秀忠第二军的老臣本多正信曾提议道："我们不如先向上田派去使者，劝真田安房守开城投降。"

本多正信没有忘记攻打上田时，德川军被真田父子打败的不堪经历。和眼下相比，那时的兵力固然大有差距，情况更不一样。本多正信当然不觉得这次又会败给他们，但他相信上田城是七天甚至十天之内所无法攻陷的。

德川家康派正信去第二军时，亦曾叮嘱："千万不可延误。"

倘若近四万人的第二军赶不上决战，后果不堪设想。

　　所以，第二军若不提前控制住中山道，家康便无法放心奔赴决战的战场。倘若他们对上田城置之不理，任由真田昌幸跟上杉景胜保持联系的话，只怕对方会相机偷袭江户！

　　本多正信向德川秀忠提出选两名军使赶赴上田城。

　　其中之一是美浓守本多忠政。他是本多平八郎忠胜的长子，对迎娶了忠胜之女的真田信幸来说，忠政就是他的妻弟。同理，真田父子都跟本多忠政有亲戚关系。

　　而另一个使者当然就是真田信幸。

　　本多忠政受命担任军使之后，忍不住对信幸苦笑道："伊豆守大人，我好像接了个烫山芋呢！"

　　忠政和信幸都肩负着非常的使命。

　　"要求他们开城投降，真不知令尊和令弟会不会听得进去。"

　　信幸沉默不语，暗想这简直比上阵击败父亲和弟弟更难……

　　要是他们肯乖乖打开城门，当初又何苦离队返回上田？

　　本多忠政时年二十六岁。攻打小田原时他只有十六岁，年纪轻轻就参加了武州岩槻攻防战，立下赫赫战功，自是一名勇将。

　　"这种事态……果然要靠姐夫来解决啦。"

　　忠政苦笑着道。

　　哪知后来担任正使的竟是忠政，伊豆守信幸反是副使。

　　这样一来，跟真田昌幸接洽之际，本多忠政就唯有打头阵了。

　　"姐夫，有劳您给我当跟班了。"

　　被忠政如此一说，信幸只得答道："遵命。"

第柒话

"哦？"真田昌幸笑容可掬，欣然允诺道，"好，好，那我就去一趟国分寺吧。"

庆长五年九月一日，德川家康率三万三千人离开江户，踏上西征之旅。

是日，德川秀忠的第二军翻过碓冰峠，抵达轻井泽。

同样是那一天……

回到近江佐和山城的治部少辅石田三成检查完了近江一带的防守，似乎挺满意的，决定返回西军的大本营——大垣城。

返回途中，三成再次派特使从佐和山赶往大坂，恳请毛利辉元前来。

先前从大垣派向大坂的使者和护卫的五名骑兵，想来该抵达了大坂才对。他们不眠不休，快马加鞭，就算带着毛利辉元的回信返回都是情理之中。

三成盼信心切，从佐和山派出一队人马赶到草津附近，却听说信使尚未回来。

三成焦虑不安，再度向大坂派去使者。

从佐和山派出的使者这回没被甲贺山中忍者发现，平安抵达了大坂。西军统帅毛利辉元读完使者带来的三成之信，深思熟虑后决定动身。使者赶紧将此事报知了返回大垣的石田三成。

哪知毛利辉元竟突然停止发兵——山中大和守事先安插在大坂城的北胁留右卫门和另三名山中忍者行动了，他们四处散布"增田右卫门尉大人有谋反之嫌"的流言传进了大坂城内。

毛利辉元当然要优先保护丰臣秀吉的遗孤秀赖和丰臣家的根据地大坂城。万一出兵之后有人在大坂叛乱，那就万事俱休了。

奉行之一的右卫门尉增田长盛谋反的证据虽系子虚乌有，但眼下的大坂城内何止增田长盛——"某某人似乎阴结德川"或"某某人行迹可疑"之类流言飞语简直没完没了。

增田长盛的去留一事，很久以前就曾在诸将间引起波澜。石田三成太信赖增田长盛了，有人甚至质疑道："怎么能依靠增田呢？"

毛利辉元忍不住有些怀疑增田长盛，只因他尚自立足不稳。他的对手是德川家康，而他却尚未燃起必胜的斗志，就连派养子毛利秀元主持伊势地区的攻防战一事，都是出于无奈。

"千奇百怪的流言飞语遍地都是，我可不能将秀赖公留在大坂，独自出兵。"

——目前，我不宜轻举妄动。

毛利辉元那番话的背后，无疑隐藏着这样的想法。

就这样，西军统帅毛利辉元没有现身决战的战场。

九月二日，德川秀忠的第二军到达了信州小诸。

从小诸到上田只有五里地。

抵达小诸之后，秀忠派使者命上田城的真田父子开城投降。

正使和副使的人选分别是本多忠政和真田信幸。这两名使者由三十余骑陪着，奔赴上田附近。

真田信幸将忠政带到城外的国分寺之后，立刻派使者前往上田城内。使者是信幸的家臣木村甚右卫门，为人温厚笃实，真田氏本家的人都熟悉他。

"嗬，甚右卫门来了？"真田昌幸让甚右卫门来到本丸居馆，笑道，"久违了呀！"

"不敢当。"

"既然是派你出使，想必伊豆守也到这附近了吧？"

"就在国分寺呢。"

而后，木村甚右卫门报出了正副使的名字。

昌幸不觉讶道："当真？"

连夜赶回国分寺的甚右卫将此事报知真田信幸。

"瞧这话说的。"信幸展颜一笑，"我们此来哪里逃得出草者的眼睛，所以父亲早就什么都知道啦——他还说什么了？"

"老大人说他听明白使者的意思了。"

甚右卫门完全不觉得本家的主公是敌人。兴许是重返了昔日生活的上田吧，他甚至充满眷恋道："城邑焕然一新，很气派呢。"

信幸身边的本多忠政听他这样说着，不觉露出苦笑。

信幸让甚右卫门转告昌幸道："德川秀忠公有话让我们转达，劳驾您到国分寺来。"

忠政和信幸从小诸动身时，德川秀忠曾说只带三十余骑不大安全。然而，信幸断言道："您别担心，安房守不会做加害使者之事。"

不过，若用这点人马去接收上田城，确有些匪夷所思。既然这次是要吩咐对方开城投降，那当然要让父亲到这边来听命才好。说到底，信幸唯有挟德川家之威迫使父亲开城投降。

但是，他觉得父亲不会老老实实让出本城。

"哦？"真田昌幸笑容可掬，欣然允诺道，"好，好，那我就去一趟国分寺吧。"

"您当真会来？"

"当然！"

木村甚右卫门登时喜道："那太好了，我会把您的意思告知伊豆守大人的。"

"嗯，嗯。"昌幸点了点头，喃喃道，"你说伊豆守会是怎样的表情呢……"

"啊？"

"大惑不解……不，也未必吧？"昌幸微微一笑，又道，"我总得顾及伊豆守的脸面才是。"

信幸听完甚右卫门的讲述，不觉问道："什么？父亲说要顾及我的脸面？"

"是。"

"父亲确实是这么说的？"

"是。"

这时，一旁的本多忠政问道："伊豆守大人，这是怎么回事？"

"这……不大清楚。"

父亲昌幸话语中的意思，信幸似乎只理解了一半。

第捌话

国分寺位于向东流经上田城下的神川河畔。

相传圣武天皇下诏修建信浓国分寺是天平十三年（741年）的事情。不单是信浓，遵照天皇"为保国家安泰"的敕愿，朝廷向各地都送去了修建诏书。

而奈良的东大寺则是总国分寺。

奉天皇诏命，各令制国的国府都兴建了国分寺和国分尼寺，成就了造佛、建塔大业。

奈良时代的信浓国分寺位于小县郡神川村的大字国分，眼下尚可辨出往昔的祭坛遗址。据说，包括七重塔、金堂、僧房在内的大伽蓝寺占地达二町见方。

后来，寺院稍迁向北，遂有了现代的国分寺。

从东京驶出的越后线列车到达上田市附近时，从车窗左侧便可看到旧国分寺遗迹公园，右侧的树林对面则可望见现在的国分寺三重塔。

昭和初年，对这三重塔进行大规模的重新整修之时，发现路边栏杆上留有"建久八年"的墨迹。这便证实了寺中"建久八年，源赖朝参拜善光寺途中慨叹国分寺之荒颓，加以修复"的记载。

安房守真田昌幸会见东军正副使的场所，正是现在的国分寺内。

当时的国分寺客殿为茅草屋顶，真田昌幸早早便到达此处迎接德川使者。

未着戎装的昌幸只带了十五名随从。

"噢，伊豆守大人……"本多忠政与真田信幸一到客殿，昌幸便笑道，"伊豆守大人想必很为难吧？能体谅，能体谅。"

昌幸故意显得毕恭毕敬。虽系父子，但他和信幸此番分属敌我两方，又有本多忠政在场，他当然不能表现出亲昵的言谈举止。

昌幸认得长媳之弟本多忠政，跟着便爽然对他笑道："久违了。"

忠政却笑不出来。

真田昌幸那"绝世谋略家"的公认评价果然不虚。

本多忠政看到昌幸的笑容，只觉得那里面实是潜藏着某种难以察觉的东西。

这想法挥之不去。

忠政当时二十六岁，看到年轻的忠政那无比紧张的样子，真田信幸忍不住对父亲说道："安房守大人……"

"何事？"

"我们不是不能理解您对石田治部少辅的情分，但我觉得眼下就算我们来上一场徒劳无益的战斗，亦是回天无术。"

"哦？"

"我们希望您痛痛快快开城议和。"

"倘若我们开城投降，贵方会怎样做呢？"

"这个嘛……"

本多忠政插进话来。他明确表示，战争结束后将对真田父子离开东军、返回上田城一事既往不咎。

他完全是复述德川家康的指示。

纵使昌幸乖乖开城投降，待得这次的决战取胜，德川家康亦不会既往不咎。

问责方式当然有的是，伊豆守信幸唯一确信的是，就算他们远走他乡，真田氏本家也必定不会被允许存续。

岳父忠胜以"先锋监军"身份西上之前，曾让儿子忠政替他对信幸说道："假如安房守肯让出上田，我会豁出去……"

言下之意，他会帮真田氏本家的存续求情。

"不胜感激。"真田昌幸对忠政微一颔首，说道，"难得伊豆守大人跑一趟，我自然不会让贵方空手而归。"

忠政大喜，忍不住确认道："您这是同意让出上田城了？"

昌幸冷冷瞥了他一眼，眼神说不出的可怕，继而又望着信幸说道："伊豆守大人到底是我儿子，我不想把事情搞砸。"

他根本没理会忠政。

这是什么意思呢？

要是他肯乖乖投降，当初就不会离开攻打会津的部队……

信幸紧闭双唇，凝视着父亲的脸。

父亲那张衰老的脸上仿佛充满活力。他面色红润，猛然间瞪大的双眼熠熠生辉，紧紧盯着信幸的脸。

"那一瞬间的沉默，简直令人窒息……"

事后，信幸背后侍立的木村甚右卫门曾如此说道。

安房守昌幸的目光突然从信幸挪向了本多忠政。

“知道了，我自然要给伊豆守大人面子。”

“您说什么？那么，城……”

“是的，让出上田城一事，我答应了。”

“此话当真？”

“对，谁让使者是我儿子呢……”

昌幸坚持以“正使”的身份对待信幸，忠政却觉得十分喜悦。

“不胜感谢。我们作为亲戚，自当万死不辞。”

“会到家康公面前帮我周旋调停？”

“这是分内之事！”

“那就太感谢了。”昌幸深深低下了头，忽又说道，“但是，尚望稍候。”

第玖话

听到真田昌幸的低语，本多忠政的神色再度紧张。

（他让我等什么呢？）

忠政膝行向前，开口欲问。

"哎哟，我真没料到。"安房守昌幸的态度突然一变，跟忠政正面相向。这一回，他打算拿忠政当正使对待了，"我儿子竟然……不，是真田伊豆守大人，我真没料到他竟会以使者之一的身份前来。"

"不是的，安房守大人，这个……"

这样一来，话就扯远了。

真田昌幸瞧着欲言又止的忠政，说道："唉，所以我才棘手嘛。"

"啊？"

"若是德川大军攻来，我跟左卫门佐都想痛痛快快打他个落花流水……"

"嗯……"本多忠政难掩不快之色。

"但是呢，我变卦了。我不想让跑来当使者的儿子难做。"

看到昌幸乖乖就范的样子，忠政瞬间把不快抛到了九霄云外。

——幸好开城一事没有变卦。

"安房守大人……"

"什么事？"

"您刚才说让我们稍等，是为何事？"

"那个啊，我们本打算坚守上田城，痛痛快快干一仗的，所以城里城外弄得委实不像样子。"

"噢……"

"好几天没打理了，城内污秽不堪。"

"原来如此。"

"所以，我希望将城打扫干净了再交给秀忠公。若交出脏得如此不成体统的城，只怕诸位要笑我真田家本城竟是那般模样。"

真田昌幸故意蹙眉一叹。

"确实如此。"本多忠政表示了善意的赞同。

"您能理解？"

"我体谅您的心意。"

"不胜感激。"

此际，真田昌幸犹如换了个人，瞅都不再瞅伊豆守信幸一眼，径自说道："这毕竟是我自先主武田家灭亡后尝尽辛酸、呕心沥血、千辛万苦才修建的本城……尚望体谅。"

本多忠政面色凝重，频频点头。

"那，您恩准我洒扫一番了？"

"我答应。"

昌幸伏地行礼，低头谢道："不胜感激，不胜感激。"

忠政慌忙扶道："安守房大人快快请起。"

"您的深情厚谊，我没齿难忘。"

"哎呀，这算什么……"

"那，请您允许我延缓三日。"

"三日？"

"其实，我希望花十天的时间精心洒扫，但眼下没时间了，只好用三天吧。"

"好。"忠政肃然说道，"那好，三日之后，您务必让出城来。"

昌幸立刻说道："君子一言，驷马难追。"

"好，我会向秀忠公禀明你的意思。"

忠政的意思是说，本"正使"听明白昌幸的恳求了。

"不胜感激，实在不胜感激。"

真田昌幸又一次低下了头。

本多忠政似乎尽情体味着总算完成这项艰巨任务的满足感。

伊豆守信幸微微垂下木然的脸，拼命克制着泛上来的苦笑。他隐约明白了父亲的算盘。

昌幸亦然，他肯定清楚信幸的猜测。

实际上，昌幸正暗暗嘲笑着正使本多忠政。

（父亲只怕是盘算着，哪怕一两天都好，尽可能把秀忠的大军引到上田……）

信幸看得出父亲是想将第二军拖住几天，干扰他们去战场。倘若秀忠的第二军无法准时参加决战，德川家康的计划就大大乱了。

这可不是三两千兵力的事情。

然而，信幸无法讲明父亲昌幸实是故意要诓忠政。

若是那样做，正使忠政便会颜面扫地。

更何况，真田昌幸说了三日后就会让出洒扫一新的上田城。倘若不由分说便挑明这是撒谎，谈判便谈崩了，德川秀忠特意派出使者的理由更会显得非常荒唐。

您快罢手吧——使者信幸怎能这样说呢？

年轻的本多忠政固然是一员猛将，对父亲昌幸来说却不足挂齿。

使者一行离开国分寺时，真田昌幸将他们送到客殿外面。

他根本不看信幸一眼。

信幸直到骑上马离开国分寺，半边脸上才忍不住浮出一丝苦笑。

第拾话

德川秀忠在小诸的大本营等候使者一行返回。

"哦？"秀忠听完忠政的汇报，登时笑道，"好！好！安房守肯乖乖交出上田城，真是太好了呀。豆州（信幸）也可以安心了。"

以秀忠辅臣身份来到第二军的佐渡守本多正信亦对秀忠说道："这确实是件好事，恭喜大人了！"

老练的正信是德川家康首席谋臣，他都未动疑念，真田信幸就更不好挑明了。况且，他总不能对这些人说"别相信我父亲"吧？

不知是不是骨肉之情使然，信幸将嘴巴封得更紧了。

德川家上上下下都无法释怀昔日攻打上田之事。尤其是家康。他当时没有出阵，事后则对那一塌糊涂的失败怒不可遏。

"我德川家从未蒙受这等奇耻大辱！"

话说回来，德川军虽擅野战，却不擅攻城；秀忠又要抓紧控制中山道，以早日和父亲家康会师，故难免焦躁不安。

（若被真田父子耽误时间，那麻烦就大了。）

恐怕就是这种潜在的意识，导致他对本多忠政的汇报全盘接受，甚至未加思索。而本多正信想必亦是同样的情况。

真田信幸那保持沉默的态度，似乎被他们理解成——

（父亲和弟弟决定开城投降，伊豆守的难过自是情理之中。）

却说幸村迎接真田昌幸回到上田城之后，问道："如何？"

"你要是跟我同去就好了。"

"不，去国分寺和哥哥以敌对的关系见面，我会不好受的。"

"哈哈哈……"

"情况到底怎样啊？"

"真想让你瞧瞧。"

"瞧什么？"

"伊豆守的脸呗。"

"什么样子？"

"束手无策，有口难言哟！"

"您的提议，德川的使者接受了吗？"

"乳臭未干的毛孩子！"

"忠政大人……"

"就是他。"昌幸点了点头，喜滋滋看着幸村，笑道，"和你年轻时相比真是差大了。我确实生了个好儿子呢！"

"可是，父亲，草者有消息说本多佐渡守也在小诸的大营里，我们大意不得。"

"什么呀，没关系。要是他们怀疑我说的话，前来攻打上田，那倒正中我下怀了。"

"这倒确实……"

"如果他们再派使者过来，那也不赖。总之，我们一点都不会有麻烦的。"

是夜，负责侦察小诸大营的草者带来了消息——德川军没有行动的迹象，也没有特别可疑的举动。

"好像正如父亲所料。"

"德川军是害怕攻打咱们的上田城啊。这个弱点正好利用。"

真田昌幸赌上一切，坚信这次决战会由西军胜出。然而，他根本没有执掌天下的欲望。

等西军迎来胜利曙光，不消说，真田昌幸和幸村父子均会受到丰臣家褒奖。昌幸这位区区五万石的信州上田城主无疑会被加官晋爵，摇身变成几十万石的一方霸主，日后兴许会再被赐予丰臣家的大老、中老、奉行之类要职。

那样一来，他就能参赞朝政，有望担任丰臣家的顶梁柱了。

眼下，昌幸尚不知两军回去会里决战。壶谷又五郎率草者分布上方至近江、美浓一带，等候决战之日；而草堂的横泽与七则率草者打探德川家康大军离开江户后的动向，逐一报知上田。

得知家康大军的西上情况，昌幸大致算出了需要拖住秀忠的第二军的时间。

家康九月一日从江户出发的消息尚未送达上田。这消息由草者带到上田，已是四日午后之事。

当月三日深夜，大谷吉继的使者到达了上田城，打算带走幸村妻儿。西军部将大谷吉继深得石田三成信任。他特意让使者告知，此番不是要将既是幸村妻儿又是他女儿、外孙的这些人带回身边，而是要将他们送到京都的菊亭晴季府邸。

菊亭晴季是昌幸之妻山手殿和妻妹久野（樋口角兵卫之母）的生父，以"天皇宠臣"身份名闻天下。

晴季和丰臣家颇有交情，后受关白秀次事件牵连，暂被秀吉流放，但很快便被赦免，返京后再度出任"右大臣"一职。

如此算来，真田幸村实是菊亭晴季的外孙。

晴季接受了大谷吉继的意见，打算接来曾孙和外孙之妻。

大谷吉继何以会如此打算呢？

大坂的东军诸将家属皆被西军软禁，而支持西军的幸村妻儿明明尚是自由之身，吉继却要将他们秘密送至晴季府邸……

何以如此？莫非吉继觉得西军不会取胜？否则就是——

他缺乏取胜的把握。

万一西军败北，上方的西军诸将家人境况自会截然一变。

大谷吉继无疑是担忧此事。

菊亭晴季是天皇的臣子，若将幸村妻儿藏进他的府邸，就算西军不幸败北，他们亦可获得暂时性的安全。

看完使者递上的大谷吉继来信，幸村被岳父那长远而又充满温情的安排深深打动。

（哪怕是为了岳父，我都要取得胜利！）

幸村和昌幸无法亲赴决战。因此，和将秀忠的第二军诱至上田相比，他们都更期待壶谷又五郎和阿江等草者的活动。

"又五郎、阿江……"幸村忍不住暗暗呼唤他们的名字，默默祈祷道，"就看你们的了！"

同天夜里，阿江来到美浓国笠神地区的草者小屋，打算和壶谷又五郎诀别。

第拾壹话

是夜，笠神的山林笼罩于雨中。

阿江自数日前离开小屋之后，一直行踪不明。刚才既无附近暗中活动的草者看见她，亦无人听知她的动静。

你去哪里了啊——壶谷又五郎虽未脱口而出，但恰逢这个时期，又是这等情形之下，难怪他着急异常。

阿江回来时，笠神的草者小屋里除了又五郎、鞍挂八郎、姊山甚八、伏屋太平，尚另有五名草者。他们恰好吃完午饭。

阿江一进来，便和又五郎去了地下仓库，这无疑是要密谈。

"你去哪里了？我很担心你啊！"

又五郎半是斥责半是担心。

"对不起。"

"昨天，佐助从长曾根的忍宿前来联络，说你没去那边，大家都担心死了！"

"我一点都不知道……"

"这是非常时期，你连个信儿都没有，让我们如何是好？"

又五郎明是批评，话音里实则饱含亲情。

"抱歉。"阿江乖乖低下了头，"我没料到你会这么担心我。"

这倒是说得过去。他们以前经常有半个月、一个月断了音信，天各一方执行任务的事情。

别的草者虽然担心阿江，只怕尚未达到又五郎那种程度。

阿江之前离开小屋时，曾提出想独自行动以杀掉家康。

又五郎当时的答复是："那就随你意吧。"

所以他此时才担心阿江会不会往东而去，突袭西上途中的德川家康。这种事情，阿江确实做得出来。

本就有着这样的顾虑，又碰到了这般情况，他难免日益担忧。

（事到如今，又何必呢……）

又五郎试着改变想法，怎奈无济于事。

他和阿江流淌着相同的血，长年累月从事忍者活动，分担忍者的辛酸。眼看着他们便要双双起程去另一个世界，哪怕稍纵即逝，他都希望彼此能生活在对方的视线之中。

这不是恋情。勉强来说，大概就是兄长对妹妹倾注的爱吧。

"你现下栖身何处？"

"岐阜城下一带。"

"唔……"

岐阜城东一里有个长森村，那里以前有个长森城，所以村落有点规模。先前的岐阜攻防战中，这附近的村民都带着东西避难去了。

目前，岐阜城被东军控制，战火暂时平息，村民们又陆陆续续返回了各自家中。

阿江确认村外一处百姓家的小房子里已有人返回，便佯装饿倒在地的旅途女子，被那户人家所救。对一名老练的女忍者来说，这点事易如反掌。

那百姓家里住着一对老夫妇，三个孩子皆因病死去。因之，照料倒在路上的孤身女子一事，给他们寂寥的人生带来一种活力……

"你永远住在这里吧。"

"一点都不用客气。"

老夫妇根本没追究阿江的底细。

"原来如此……"壶谷又五郎点了点头，"你打算住在那户百姓家里，等着家康抵达岐阜？"

"是。"

"嗯……"

眼下，东军的先锋部队和西军分踞赤坂、大垣，彼此虎视眈眈，都等着汇聚决战兵力。

家康的大部队将从东军先锋掌控的尾张清洲前往美浓岐阜——阿江敢这样断定。

然而，再往后的事情，她就猜不出了。她只得暂居长森村，讨好那对老夫妇，想方设法让他们不怀疑她。

总之，阿江说道："又五郎大人，大意不得呢。"

"确实……"

"往后不会再见面了吧？"

"不，我要去一趟长森。"

"没必要。"

"你一个人……当真能行？"

“嗯。”

“和长曾根的佐助联系一下如何？”

“不用。”

阿江断然拒绝。

不久，她果然离开了笠神的草者小屋。

“那我走了……”

她再次给又五郎丢下一句淡淡的话。

倒是又五郎难抑汹涌而来的情感。阿江离开之后，他突然拉开了小屋的房门。

“阿江！”

待得他呼喊之际，阿江早就融进了夜色下的雨中山林。

翌日——九月一日。

当天清晨，德川家康率大军自江户出动，开始西上征途！

壶谷又五郎很快就收到了这一消息。

草者早就潜进了江户，静待家康出征之日。

从江户到东海道上，正有四名草者相机行动，德川主力的西上情况将被不断送至又五郎的耳中。随着家康率军去战场的同时，他们会陆续回到又五郎身边。

看这形势，东西两军的决战只怕半周内就会打响……

“将家康西上的消息通知各地小屋。”又五郎唤来五名草者如此命道，继而又吩咐将要去长曾根忍宿的草者，“火速将向井佐助带到笠神。”

而且，这件事要让阿江知道才行。

　　壶谷又五郎虽想亲眼看看长森百姓家中的阿江，却又觉得派佐助跟她联系较好。

　　又五郎设下的草者小屋不只笠神一处。另一处位于流经西军大本营大垣城东的揖斐河上游，就在揖斐河沿伊吹山地溯流而上的山林中，由一处废弃的樵夫小屋改造而成。那地方极其隐蔽，而且穿过山峡南下五里便可抵达两军的对峙处，被草者们冠以"伊吹小屋"之名。

　　那里备有好几匹马。

　　奥村弥五兵卫就住在那里。

第拾贰话

"明明答应开城投降，却又耍花招偷偷备战，我实难相信这是父亲之举。我当真万分惊讶。"

九月四日的早晨——

一夜逝去，佐渡守本多正信似乎又觉得有些放心不下了，喊来真田信幸问道："我觉得必须盯紧上田城的动静，你觉得呢？"

"那当然了。"

伊豆守信幸想都不想便立刻答道。若是直接开城投降就罢了，哪有花三天时间细细清扫城池的道理？

信幸从一开始就看破这一点了。

本多正信立刻建议德川秀忠派骑兵侦察上田，果然探知上田城根本没做清扫——城中百姓撤离之后，城墙附近栅栏密布，全副武装的真田大军正把守着各方城门！

城楼上的六文钱战旗迎风招展，走出城门的部队则不知要去向何方。

前往侦察的骑兵们大吃一惊，赶回小诸大营报告了此事。

"混账！安房守这老东西……"

德川秀忠暴跳如雷。

本多忠政和真田信幸立刻率三百余人奔向国分寺，从那里派使者去上田城内催道："赶紧开城！"

"我会去答复的。"

真田昌幸让德川使者暂且回去，很快就派人来到了国分寺。

昌幸的使者名唤鸭屋甚左卫门，以前曾是武田家的一名勇士，自年轻时便随军征战四方，身上伤痕累累，眼下怕有五十岁了。

真田信幸当然认识鸭屋。

鸭屋甚左卫门身披黑铠，带领三十余名士兵来到了国分寺。

鸭屋容貌骇人，一道深深的刀疤从额头经由鼻梁旁边，直拖至下颌附近。这是十五年前德川军攻打上田时给他留下的伤。

看见真田昌幸派来这样一位曾血战德川大军的侍从，伊豆守信幸一下子就明白了他的用意。

鸭屋甚左卫门来到国分寺的客殿，对信幸施了一礼，之后便不再看他，径直对本多忠政说道："我来转达安房守的回话。"

这无疑是昌幸的授意。

"之前曾打算让出本城，但细细一想，太阁殿下的大恩实难忘却。所以，我们打算困守这上田城，奋勇作战，舍生取义，名垂青史。来吧，尔等西上之际，不妨顺道来攻打我们好了。"

这番话着实目中无人。

本多忠政只恨得满脸通红，但事到如今，就算谴责使者鸭屋"违背盟约"也无济于事了。

真田信幸不能无视内弟的愤怒，一时淡淡唤道："喂，甚左。"

"何事？"鸭屋挺起胸膛，瞪着信幸。

“你不认识我了？”

“没错。”鸭屋似乎打算彻底装糊涂。

“你回到上田之后，老老实实将我的话告诉安房守大人。”

信幸不怒自威，使鸭屋甚左卫门忍不住低下了头。

他似乎无法抗拒信幸的威势。

“战场上的使者需保持谦逊。像你这样没教养地执行任务，根本就是给安房守大人脸上抹黑，你懂不懂？”

信幸语调平淡，鸭屋却益发垂下了头。信幸昔日替父亲昌幸把守上州的岩柜城时，鸭屋甚左卫门曾去他帐下听命，所以鸭屋再怎样虚张声势都是枉然。

“明明答应开城投降，却又耍花招偷偷备战，我实难相信这是父亲之举。我当真万分惊讶。”

鸭屋讷讷不语。

“喂，甚左，抬头！”

“啊……”

“你回城之后，替我告诉父亲——要想撒谎，就撒个再大些的。你告诉他，这是我伊豆守说的，明白没有？”

望着面色苍白的鸭屋甚左卫门仓皇离去，本多忠政的窝囊火总算淡了一点。

这时，德川秀忠正率军离开小诸，来到上田以东二里的染屋台地扎寨。

“既然如此，好吧。”

听了本多忠政和真田信幸的报告，秀忠断然下令攻打上田，无奈时近黄昏，遂决定次日一早总攻。

“今晚说不定会来夜袭。”

真田信幸对素日交厚的德川家重臣榊原康政说道。

康政一惊，说道：“怎么……啊，多谢指教！”

“你不跟去武藏守（秀忠）说一句？”

“好！”

结果，大营里备上了无数篝火。

却说——

“少爷说……”

鸭屋甚左卫门回到上田城，刚要将伊豆守信幸的话告诉真田昌幸，昌幸便皱起眉头，骂道：“蠢货！”

“啊？”

“那些无聊话就不用告诉我了。你吞下去再屙出来就行了！”

昌幸甚是不快，如此斥道。

第拾叁话

四日当夜，真田幸村率七百余人去了伊势山城。

伊势山城是砥石城的一部分。

上田城东北大概一里，便是砥石城了。该城虎踞两峰，内设数个曲轮。其中北峰上有以前的本丸；南峰"米山曲轮"东面的山顶上则筑有一个支城——伊势山城。

伊势山城是离真田昌幸旧居馆最近的副城。

十五年前，德川军攻打上田时，真田信幸曾率七百余人来到砥石城防守。而弟弟幸村眼下又来到了砥石城的支城。

"进了伊势山城，便可进退自如。"

幸村对手下说道。他一从犬伏阵地撤回上田，便着手加强伊势山城的防御工事。

一百、一百五十甚至三五十人的大小队伍相继抵达上田城下，去了各地城砦。

砥石旧居馆中住着的真田家仆佣全被集中到上田本城。

向井佐平次和茂枝夫妇亦然。茂枝怀上了佐平次的孩子，肚皮渐大，但她近几年本就持续变胖，所以不太明显。

"茂枝呢？带她来吧。"

经幸村吩咐，佐平次携刚到上田城的妻子前来拜见幸村。

"哎呀……"幸村一见面便盯着茂枝的肚子，"是个女孩儿吧。"

"您说是女孩儿？"

"我说肚子里的孩子是个女孩儿。"

"这种事儿您都知道？"

"这没有道理可循的。肯定是女孩儿，所以我才说是女孩儿。"幸村断言道。

"茂枝，那是左卫门佐大人开的玩笑。"

佐平次事后曾对妻子苦笑着道，哪知真田幸村竟然真的说中了。

言归正传……佐平次来到德川大军即将进攻的上田城内之后的那股沉着，让茂枝既放心又惊讶。

城内城外都笼罩在紧张之中，每一位家臣都有了阵亡的觉悟。

茂枝这位妻子从不觉得佐平次是一位勇士，而且，他常年侍奉幸村，未曾立下什么显赫功劳，身份一如既往。

这个温和体贴的丈夫佐平次已然三十七岁，鬓角都渐渐白了。

茂枝有些淡忘十五年前上田被攻打时的事了，她也已三十五岁，而且怀了身孕，正因为如此，丈夫当前的平静才让她觉得"真让人有安全感"吧？

"高远城被攻打那会儿可不像现在这样……"佐平次仿佛眺望着遥远的天边，徐徐对茂枝说道，"我们不会死在这城里的，好好把孩子生下来吧。"

他说得若无其事。

“佐平次，你就留在上田吧。”

真田幸村临去伊势山城之际，曾如此说道。

准备就绪的佐平次忍不住问道："为何？"

"因为用不了太长时间……"

"那您很快便会回上田城了？"

"没错儿。"幸村鼓起鼻翼，双眼漾起恶作剧般的笑意，"这回这场仗，根本打不了多久呀。"

"啊？"

"打久了就麻烦了。"

"这……"

"嘿，佐平次，我说的有麻烦的不是咱们，是德川父子哦。"

九月四日的夜间，伊势山城的幸村默默等待着跟德川秀忠撕破脸，等待着敌军前往染屋台地。

"角兵卫！"幸村对随行的樋口角兵卫说道，"今晚估计要夜袭敌军。放开胆子，尽情打一仗给他瞧瞧！"

角兵卫点了点头。重返上田的角兵卫静得可怕，几乎都不开口说话，只是守着母亲久野生活。

有一次，真田昌幸对幸村说道："这家伙看似变安分了，眼神却总是桀骜不驯。"

昌幸说的是角兵卫的左眼。去年十二月，角兵卫打算袭击从沼田城回伏见宅邸的铃木右近，却被对方弄瞎了他的右眼。

不消说，他的右眼失明了。

"被谁弄的？"

无论幸村和母亲久野如何追问，角兵卫都不肯回答。

角兵卫回上田时，为即将到来的战争将城门的排屋付之一炬，从滚滚浓烟中策马奔出。

"我不想为德川效命！我要回到主公那里去！"

樋口角兵卫像野兽一样咆哮道。

如今看到角兵卫沉默寡言，面庞忧郁苍白，左眼里凝聚着可怕的光，真田昌幸才评说"眼神却总是桀骜不驯"的吧。

安房守昌幸不了解角兵卫在沼田信幸身边时的情况，所以才会惊异于角兵卫的改变。

"若说桀骜不驯，角兵卫一直就桀骜不驯。"

当时，幸村对父亲如此说道。

第拾肆话

九月四日的夜袭最终没有实行。

听了伊豆守信幸的进言，德川秀忠的大营被多支精锐部队重重把守，根本无机可乘。

数不清的篝火绵延燃烧着，赶走了大营周围的夜色。

"果然……"听完侦察兵的报告，真田幸村微微一笑，"敌军中不愧是有哥哥在啊！"

他如此嘀咕着，赶忙中止了夜袭。

"我有预感敌军明天会打过来。所以，我们先好好睡一觉吧。"

下达命令之后，信幸吃了泡饭睡下。

五日早晨，德川大军中有部队开始行动了。那是进攻伊势山城的部队，其先锋包括真田信幸、榊原康政的两支部队，以及本多忠政。

信幸和弟弟幸村开战的日子到了。

幸村从伊势山城的城楼上看着兄长的部队翻过台地向这边开来。

"沼田大军来了"的消息早就通过草者传至幸村耳中。

"果然……"幸村黯然一笑，"哥哥打头阵……倒是情理之中。"

这次的上田攻防战，信幸要拿出效忠德川家的凭证。无须秀忠吩咐，他早就决意担当攻打伊势山城的先锋。

伊豆守信幸骑着战马，神情异常紧张。

幸村注视着兄长的部队率先开来，突然下令撤回上田。

众人大惊，纷纷问道："打都没打，为何便要丢掉伊势山城？"

一旦丢了伊势山城，便无法从外部增援上田城。就算上田城分出部分兵力去各方要塞，就数量而言都无法和幸村所率的伊势山城部队相比。

本城攻防战一旦开打，那将成为"最可仗恃"的游击部队。

然而，幸村望着那些持反对意见的家臣，缓缓说道："我无法和哥哥交手。"

他不是开玩笑。

但是，弟弟虽有这样的想法，兄长却要和弟弟打仗，且正在进军途中。

"想不到大人竟说出这种话来！"

"沼田大军是敌人啊！"

家臣们七嘴八舌，越说越是激动。

"骨肉相残非我本意。"幸村肃然端坐，"虽然无关旁人，但这就是我的解释。"他如此坚持道。

幸村不是倨傲的人，如果看到士兵们玩相扑，便会说一句"我也来"继而脱光衣服跟士兵扭成一团。

他那句"这就是我的解释"正是因此才具备了凛然不可侵犯的肃穆，不容家臣们再行分说。

"火速行动！"

幸村集合士兵，沿尾根越过米山曲轮，自东太郎山的山腰撤去。

信幸和幸村的部队刚好打了个照面——相隔大半里地。

弟弟的部队在山腰的路上迂回，哥哥的部队则准备登山。

真田信幸仰望山腰，眼看着弟弟所率部队的六文钱战旗从容挪动，不禁咬紧牙关。

信幸的旗标同样是六文钱。

（左卫门佐这家伙……）

弟弟让出伊势山城一事，委实超出了信幸的意料。

"哥哥是德川方面的将领，难以回绝当先锋一事，想必很痛苦吧？好，那我源二郎就让一让吧。"

幸村边从山腰俯视边如此说道……

信幸不禁如此设想着。

到了伊势山城一看，幸村没留一兵一卒。

伊豆守信幸此时才现出一副"咀嚼苦虫"般的表情。

幸村回到了上田城，对父亲昌幸说道："哥哥打来了。"

"嗯，嗯……"

"我将伊势山城拱手相让了。"

"听说你没打？"

"是的。"

"嗯……"

这件事至此便结束不提了。紧接着，昌幸拿来酒和围棋——

"跟我来一盘吧？"

"好啊。"

“伊豆守大概会很吃惊吧！”

“唉……”

“干得不错！”

“真的？”

“真的，当然是真的啦。”昌幸欣然笑道，“不愧是左卫门佐！”

“您这是表扬我呢？”

“哈哈哈，当然是表扬呀。”

“这真是……”

“伊豆守那张煞有介事的脸会怎样变化……真想看一看啊！”

“不会有那种事吧？哥哥肯定会料到我的行动。”

“不，不会，他不会的。”

“我主动退出伊势山城，哥哥的面子就得以保全了吧？”

“没错，正是如此呀。”

昌幸更高兴了。

德川方面一定会觉得幸村是害怕信幸的进攻，结果不战而逃……然而，被这样理解且颜面得存的真田信幸又会有何感想？

他当然不认为自己能不战而屈幸村之兵。“你那么想要伊势山城，好吧，别客气，请进吧。”他仿佛看见话到嘴边的弟弟和本城中的父亲的从容不迫。

这想法挥之不去。

安房守昌幸似乎因此变得特别高兴。

果然，德川秀忠大喜过望。

“砥石城（伊势山城）顺利拿下，交由真田伊豆守暂管……”

他给留守江户城的浅野长政的信件一直被保留着。

真田信幸成功拿下了伊势山城，让秀忠觉得上田城不会再有像样的抵抗。

孤立无援便无从笼城，没有外援的笼城战是没意义的。

"到底是伊豆守啊！"

本多忠政对姐夫信幸赞不绝口。先前背地里议论"父子兄弟是要保留家名才分成敌我两方"云云的德川家将士亦都对真田信幸刮目相看了。

然而，保全了面子的信幸脸上没有一丝笑容。

跟本多正信商议之后，秀忠决定分出一部分精锐部队留守伊势山城，以此掣肘上田。他本人则立刻率第二军去跟父亲家康会师。

第拾伍话

明明是一场胜利无望的战斗，真田军却表现得相当顽强。

　　德川秀忠决定九月七日早晨离开进攻上田的大营，走木曾路去美浓地区跟父亲家康的部队会师。

　　他再次给兵不血刃拿下伊势山城的真田信幸调拨兵力，而且配了监军。

　　拿下伊势山城，就拿下了砥石城。如此一来，上田城唾手可得。

　　所有人都了解砥石城对上田城是何等重要。

　　德川秀忠由衷欣喜。因要将第二军动身东进一事报知家康，他六日一早便派出了急使。

　　秀忠本阵所在的染屋台地西面是依田肥前守的营地。晨雾中，一队真田侦察兵忽然现身附近。

　　"看炮！"

　　依田部队察觉之后，断然进行炮击。结果，真田部队不甘示弱回击——这真不像是一支简单的侦察队。

依田肥前守深信，失去了伊势山城的上田城正是进退维谷。

"小样儿！给我追！"

肥前守贸然出击。

一时间，但见真田部队仓皇逃跑。

肥前守穷追不舍。突然，另一支埋伏好的队伍从树林中开火了！

依田部队登时阵脚大乱。

"狗东西！"

依田肥前守硬冲上去，同时暗暗担忧本阵会被奇袭。

所以，他立刻将此事报知秀忠，继而向驻兵附近的同伴牧野忠成求援。

忠成是替病中的父亲牧野康成（上州大胡，两万石）出征的一员勇将，只说了一句"明白"便率兵直扑真田小队。

这一带紧邻秀忠本阵，安营扎寨者都是德川家的累世重臣。

其他几支部队火速做好了战斗准备。

"杀啊……"

牧野、依田的部队呐喊着攻了上来。真田部队显然不是他们的对手，一时阵脚大乱，纷纷逃窜而去。

牧野忠成愈战愈勇，下令要将对方杀个片甲不留，继续追击。然而，当他率众一路追到科野大宫神社附近之际，树林和台地暗处藏着的真田家伏兵忽一齐露面冲出。

这当真出乎意料！

许是雾尚未散，伏兵发射的铁炮子弹和雨点般射来的箭矢防不胜防。从真田部队的角度看来，牧野部队的士兵纷纷被"好玩地"打倒在地。

“混账！混账！”

马背上的牧野忠成急不可耐，想将混乱的士兵集合起来，却是束手无策。

正在此时，救援的东军赶到了。

秀忠旗下的户田半平、朝仓藤十朗等勇士悍然展开突击。他们不愧是层层选拔出来的德川家战士——

真田军被击溃了，渐渐开始撤退。

见到这等阵势，大久保忠邻（相模小田原城主）、酒井家次（下总碓井城主）等德川家老将纷纷抓住机会，开始追击。

这一带地处东南，距上田城不足半里。然而，被追得狼狈不堪的真田军竟无意逃回上田城内。

他们逃逃停停，打打又撤。明明是一场胜利无望的战斗，真田军却表现得相当顽强。

德川军的斗志燃烧了。他们死咬不放，穷追猛打，让真田军难以抵抗，逐渐退向上田城大门口的街道一带。

再往前去的排屋因可作为伏兵的落脚点，早先便被付之一炬，但那里到处都堆积着尚未燃尽的木材残骸。

追击的德川军一不做二不休，那来势汹汹的势头简直让人以为是要杀进上田城内。

恰是这个当口儿，从秀忠本阵北面的低洼山阴处冒出了一支真田家的铁炮队，对准大军开火。

秀忠的本阵猛然间被搞得相当狼狈。

如此密集的枪响，追着敌人来到上田城附近的各部队都听见了。

“啊！”

“大人的本阵危险！”

诸将大惊失色。

此时，一部分紧追不舍的德川军冲上了城门口的街道。

秀忠本阵处的枪响同样被逃跑中的真田军听到。这仿佛成了暗号，只见他们以迅雷不及掩耳之势，全速逃进了上田城的城门。

城门呈八字形敞开，将逃窜着的士兵悉数收纳。

“无妨，杀进去吧！”

德川军如雪崩般拥了进来。

——近在咫尺，焉有不追之理！

城门依然开着，迎进了逃回的士兵。

大开的上田城门就在攻来的德川军眼前，逃回城内的士兵那抱头鼠窜的狼狈相被看得一清二楚。

恐怕德川军是真觉得敌人正“抱头鼠窜”、“狼狈不堪”吧……

第拾陆话

第二军眼看着便要撤离上田、奔赴决战的战场，哪知却出了洋相。而且是跟十五年前如出一辙，又中了真田父子的计！

追到城门口的德川军斗志昂扬。他们顺利攻到了城门之前，一时间有些得意忘形。

十五年前进攻上田的城头激战中，追到城下的德川军刚要爬上石墙，头顶便落下无数的石头和树木，砸向他们。

但这次呢，连城门前的吊桥都犹未收起。

真田军的士兵正从桥上逃跑。

"别错过时机！"

"冲进去！"

"快！"

牧野部队的扛旗大将赘扫部和大久保部队的扛旗大将杉浦久胜率先冲了进去。

就在那一瞬间，城门的城楼周围突然狼烟四起。

赘和杉浦大吃一惊。只要想想之前真田家的奇袭战术，便会知道这狼烟不容小觑。实际上，他们根本不晓得这狼烟有何用处。

赟和杉浦拉紧缰绳止住了马，士兵们却涌向城门。

这时，逃窜的真田兵看见狼烟，四散开来。

吊桥对面，城门洞开——

真田幸村率众出现！

同时，城堡上的铁炮队齐齐开火，无数的箭矢更是激射而出。

眼看着便要踏上吊桥的德川军一时间成片倒下。

"糟了！"

"撤！撤！"

赟和杉浦大喊道。

可惜一切都太迟了。

真田幸村手握长枪，拍马疾冲，和部卒一道杀进了吊桥彼端的德川军内。

这天，幸村身穿黑丝连缀的伊予铁铠，护腿甲胄的金箔上印着家纹——六文钱。这副铠甲是十五年前的上田攻防战中，其父昌幸所用之物。后来，幸村向父亲苦苦讨要，方才弄到了手。

幸村的身材比父亲矮小，铠甲无法上身，遂特意运到京都，请有名的甲胄师傅调整一番，堪称稀世重宝。

此时此刻，真田幸村头戴山形头盔，手握六尺有余的单片镰枪，攻势锐不可当。

"小贼！"

混战中，杉浦久胜驱马靠近幸村，挥枪刺去，却被幸村用枪弹开。只见幸村的枪柄顺势一挥，扫向杉浦久胜的脸——

"啊！"

久胜眼前一黑，栽下马来。

这对杉浦久胜而言兴许反是幸事，至少在这种情形下是幸运的。如若留在马上，没准便会被幸村的镰枪挑死！固然，战斗结束后，杉浦久胜引咎切腹了，但那毕竟是后话。

且说真田幸村手起枪落，奋勇杀敌，凶悍得有如恶煞。而一同出战的真田新兵们更是虎跃龙腾，刚作出合围对方之势，旋又直冲而上，刚刚冲进对方人群，忽然又化整为零，直让人避无可避，防不胜防！

这时，又有箭射向混乱的德川军，而德川军连这箭来自何方都不知晓。

很快，城门前的排屋一带烈焰冲天。迂回而来的真田军点燃了特意留下的木材。德川军的战马害怕火焰和浓烟，突然狂奔起来。

此时，又有一队不知从何而来的真田军打了过来。

这支小队有三十人左右，无人骑马，一概徒步。樋口角兵卫就在这队伍里面，挥舞着七尺铁棒。他的武器是一根嵌铁条的粗橡木，上面镶着铁环。角兵卫挥舞着这武器，从一侧横扫敌军马腿。

横着倒下的马刚要站起，真田军立刻挥枪刺去。

角兵卫咆哮着，如鱼得水般腾挪驰骋，砍倒马匹，痛打敌人。

惊慌失措的德川军穿过浓烟烈焰，抱头鼠窜。

正在这时，奇袭秀忠大营的铁炮队绕道赶了回来——

"开火！"

他们开始射击。这只铁炮队只有二十来人，却让人觉得有数倍之众。他们从山阴处向秀忠大营一齐开火时，雾尚未散去，这颇具威慑力的开火使得秀忠大营"紧张骚动"……

"撤！"

待将德川军追至城门排屋对面时，真田幸村断然聚拢士兵，撤回了城内。

穷追不舍的话，就要跟从大宫神社附近盘踞至秀忠大营的近四万大军作战，那无疑是愚蠢之举。

德川军中虽有耐不住性子前来迎战的部队，但德川秀忠紧急吩咐停战，命全军汇至大营附近，重整军容。

德川军的惨败无法想象。秀忠苦不堪言。

这时，又开始飘起雨来。

前去追击的德川军死伤惨重。

双方的兵力如此悬殊，按说他们只要包围了上田城，真田父子便将束手无策。

哪知德川军偏偏中了对方的诡计，遭受无端打击。

（这般奇耻大辱，该如何报知内府才好……）

担任秀忠辅臣的本多正信不禁暗自盘算。就连这只老狐狸都一筹莫展了。

第二军眼看着便要撤离上田、奔赴决战的战场，哪知却出了洋相。而且是跟十五年前如出一辙，又中了真田父子的计！

"岂能如此急功近利！"

不待家康下令，怒不可遏的本多正信便狠狠处罚了鲁莽追击的牧野忠成和大久保忠邻等人。

当时，杉浦久胜和赞扫部被命切腹。久胜依言切腹，扫部则亡命天涯。后来，德川家康觉得处罚太重，召回了杉浦久胜之子，让他继承家业，又将逃跑者免罚召回。

总之，本多正信当时就是如此盛怒。

　　留守伊势山城的真田信幸曾借本多忠政之口，叮嘱正信万万不可掉以轻心。正信深知有理，事先就通知了诸将，不料仍是这般结果。他的懊悔确实不难理解。

　　据说，信幸曾对家臣苦笑道："看来这些家伙最近是忘了战争法则了。"

　　他指的当然是德川家诸将。

　　反之，他不得不佩服父亲跟弟弟那娴熟的战略战术。倘若他是德川秀忠或本多正信，想必不会落得如此惨败，但他眼下毕竟只是德川家的一员部将。

　　"万万不可掉以轻心……"

　　信幸毕竟是如此叮嘱过了，所以他尽到了责任。

　　然而，只要想想上田城内的父亲和弟弟相顾微笑、举杯对饮的样子，他的心情便登时沉重不堪。

第拾柒话

七日一早，德川秀忠将大营撤回了小诸。若无前一天的大败，秀忠本该率第二军从木曾路向美浓进军……

但是，就这样撤退，委实让人懊恼。

从上田城外的染屋台地撤回小诸，是听了老臣本多正信的强硬谏言。

秀忠拥有近四万的大军，上田笼城的真田军却只有三千数百。真开战后固然没有输的道理，但三五日内要攻陷上田则绝无希望。而且，若秀忠将大营设在上田城外，对方没准儿还会偷袭。

是日，德川家康从江户动身之日派向秀忠的使者总算抵达了小诸。信州未降大雨，江户至上州则是持续降雨，河水泛滥，桥被冲垮，让使者来得迟了。

家康叮嘱秀忠道："我明日便要从江户西上，你的军队要赶紧从木曾路至美浓会师。"

如此一来，秀忠便不能永远留下来对付真田氏了。

跟本多正信商量后，他决定率第二军火速去木曾路，命仙石秀久（小诸城主）、森忠政（海津城主）、石川康长（松本城主）等信州的大名盯住上田。

德川家康拟了封信给伊豆守真田信幸，自称要率大军前去决战，希望他留意上杉家，防止被调到会津地区的上杉家重夺越后。

仙石、森的部队来到了伊势山城。

加强岩柜城的防守之余，真田信幸亦要跟越后的坂户城保持联系。坂户城现由东军将领堀丹后守驻扎，以防上杉军有何图谋。

德川家康的使者到达小诸的九月七日，家康本人率大军从骏河（静冈县）岛田地区动身。

从江户赶赴决战的道路，他走完近一半了。

进军途中，家康每天都会派使者将指示带给各地大名。

言归正传……

从信州小诸出发的德川秀忠的第二军要走木曾路，正常路线是从丸子经长久保、和田峠，由诹访进入木曾路。

自武田信玄挺进信州以来，这条专供部队行军的必经之路便一直被整备得无可挑剔。

然而，本多正信坚称就是这样才有危险。

去和田峠沿途的长久保、武石等地均有真田家的砦。他担心那些砦兵会得到上田城真田父子的指示，要弄阴谋。

本多正信是家康的老臣，家康甚至曾说佐渡守不是家臣，而是老友。但是，他和石田三成一样，都不是那种冲锋陷阵的猛将。

正信的意见是躲开和田峠，从小诸地区绕至大门峠，从那里踏上木曾路。

榊原康政强烈反对这一主张，讥刺道："笑话！真田军若真来了，我们大不了去迎战嘛，怕他做甚！"

无奈正信坚持这是最安全的做法，德川秀忠只好采纳父亲派来的这位辅臣之议。

榊原康政只得说道："随你便吧！"

结果，康政自行率部下千人经和田峠抵达诹访，而秀忠的第二军则迟迟未到。大门峠山路险峻，行军自费功夫。有些士兵掉进山谷，秀忠的头盔亦曾被树枝挂住，甚至险些摔落马背。

倘是真田昌幸的将士和昔日武田家那种山区部队，平时走惯山路，翻大门峠当然手到擒来。怎奈德川军素居平原，对此真不是一般头疼。待得秀忠军抵达诹访，都是九月十三日了。

秀忠和将士们精疲力竭，只得先歇息一天。

同样是九月十三日那天，德川家康的大军离开了尾张清洲，开进美浓，抵达岐阜城内。

上田城内不断有草者出现，向真田父子禀告秀忠第二军开往木曾路的情况。

"父亲，德川军好像要翻大门峠。"

"这确实奇怪。"昌幸寻思道，"何以让大军走那样的险路？"

"真是难以理解。"

"德川家的家伙们好像干了件怪事……"

"兴许是怕被咱们打吧。"

"但是，左卫门佐，咱们要是想打的话，他们翻大门峠只会更危险呀。咱们只要派上三十个人，便可玩儿一样将他们送进谷底……如何，要不要真去干一把呀？"

"这倒无妨，只是……未免跟先前雷同。"

"不错，咱们就只做值得做的事吧。"

"武藏守（秀忠）的大军无论如何是赶不上决战了。"

"你是这样感觉的？我嘛……我倒真想再把他们拉回上田。我觉得远远没有把握……"

"不，父亲……"

幸村正要再说，突然察觉父亲变沉默了。

真田昌幸闭上了眼睛，凝思不语。

"没事了，赶不上的。"

片刻之后，昌幸如此断言道。

幸村作为武将的直觉，准得令昌幸吃惊。

"若我们真让他们错失决战，那就是孤身解决了四万德川军啊！"

"确实。"

"如此一来，治部（三成）无论如何都不会吃败仗了！"

"嗯、嗯……"

"就英勇而言，我觉得治部大人的士兵不会输给咱们的士兵。"

"哈哈，当真？"

"当真。"

"好，晚上咱们痛饮一番吧。来，把角兵卫也喊过来吧！"

不知不觉，真田昌幸来了兴致。

同一天夜晚——

真田信幸进了岩柜城，一面跟沼田城保持联系，一面给越后坂户城的堀丹后守修书一封，告知眼下情况。他必须跟坂户城紧密联系，以探知会津的上杉景胜的动静。

奥羽地区，加盟东军的伊达政宗等人正和上杉军持续作战。而近江的大津城主京极高次同样宣布投向东军，打定了笼城的主意。

德川家康离开伏见城东下之际，曾被京极高次迎进大津城盛情款待。当时，高次明确表示会加盟西军。正所谓"审时度势"——别的姑且不论，大津毕竟是西军的势力范围之内。高次对东西两军的决战一度采取了观望态度，既不说行动，又不说不动。直到西军主力从关原汇向大垣，京极高次耐不住被屡次催促出兵，只得跟大谷吉继一同美浓，但很快就决定脱身，返回了大津城，火速准备防守。

他简直是把西军骗到家了。

这样一来，到东西两军分出胜负之前，他唯有守城一途了。

京极高次之妻是淀殿的妹妹。如此算来，丰臣家跟京极家实是亲戚，更何况丰臣秀吉的宠姜"松丸殿"正是高次之妹。

西军因此暴怒如雷，由猛将立花宗茂（筑后柳川城主）率众当先，集一万五千大军攻打大津。

九月十三日，大津城的二丸被攻陷了。

同一天，德川家康的大军抵达了岐阜城。

守城军誓死抵挡攻进二丸的西军。

第拾捌话

九月十一日，德川秀忠的第二军从信州小诸前往木曾路。

当夜，泷川三九郎一绩求见刚从伊势山城来到岩柜城的伊豆守真田信幸，而且自那之后就一直跟着信幸的部队。他是特意来学习战阵之法的。信幸的手下都很欣赏三九郎一绩。

三九郎对伊豆守信幸亦是同样爱戴。

"我遇到了一位贤主，和他共事真是由衷幸福。"最后，他对随军的侍从们如此说道，继而又对信幸说道，"我就此别过吧。"

"嗯？但你似乎无甚收获……"

三九郎使劲摇了摇头，道："您此番作为当真让我感佩。"

"你说什么……"

信幸苦笑道。此番出兵，他真是痛感无奈。

（总归是要跟弟弟交手啊……）

信幸决意攻打伊势山城，弟弟却闪身躲开，没交手便撤回了上田城。信幸满拟接下来会留守伊势山城以监视父亲和弟弟据守的上田城之动向，哪知却又被调到岩柜城防备上杉军前来攻击。

（早知如此，不跟着第二军行动就没事了。）

"这回又……"

进军木曾路的第二军将士议论纷纷，都觉得不该带真田信幸去决战。否则，一旦有何情况，他们根本摸不透信幸的主意。

"只怕他会勾结上田的父亲和弟弟，根据决战当日的情况相机行动，联合西军突袭家康本阵……"

似乎出现了这种莫须有的臆测。

哪知泷川三九郎竟对信幸表示钦佩。

信幸无言以对，只得换个话题，问道："那你这是要回江户？"

"不，难得有机会，我想去近江上方转转，看看那里的情况。"

"迟了。这会儿，战争肯定结束了。"

"战后情况值得一看。"

"哦……"

"不知是否能看透人心的变化……"

"确实。"

信幸越看越喜欢泷川三九郎这个年轻人，忍不住说道："战争结束之后，你一定要来沼田。"

"明白，我一定会回来的。不过……"三九郎说到一半，忽然膝行向前，低语道，"在那之前，我打算去一趟上田城，拜见一下安房守大人。您可有话要我转告？"

（竟然说出这样的话，他到底怎么想的……）

信幸瞪大了眼睛。

上田城被东军余部遥遥包围，他却说要进城去见真田昌幸，而且似乎打算"悄悄传递"成了昌幸敌人的信幸之口信。

“我没有话要捎带。”信幸强忍着道，“你当真想去上田？”

“是。”

“怎么去？”

“我跟东军、西军都没关系，只是个自由的浪人——我是左近将监泷川一益大人之孙。”

“唔……”

“所以，您就别担心啦！”

后来才听说，浪人打扮的泷川三九郎避开东军监视，来到上田城大门口说道：“请告诉安房守大人，泷川一益的孙子三九郎来了。”

真田昌幸闻言，笑道：“这节骨眼上，倒真是稀客。”

对方孤身一人，无须警戒，城兵遂放他进城。

安房守昌幸现身一看，立刻确信他真是泷川三九郎！

昌幸和三九郎素未谋面，却一眼就认了出来。三九郎的相貌足以让人想到他故去的祖父——泷川一益。

昌幸和幸村很高兴这位客人的突然造访，盛情款待了他。

三九郎只字不提曾要信幸带口信的事情，更不说去了信幸部队观战一事。他在上田住了两夜，第三日夜晚辞别之时，真田昌幸提出了一件怪事。

“三九郎大人，有件东西想麻烦你保管，不知你可肯收下？”

“我当然会收下。”三九郎立刻答道，“但不知那东西是……”

“这个。”昌幸指指了身边的於菊。

於菊系昌幸和阿德所生，时年十七岁。她跟石田三成的内弟宇多赖重订有婚约，却因此番开战而留在了上田城内。

泷川三九郎登时沉默，但很快便朗然说道：“我收下了。”

第拾玖话

当时的优秀男子总是有着清灵、洗练的直觉，这不独以昌幸、幸村和信幸为然。他们根本不需要冗长的谈话、论理和拉杂的说明。

真田昌幸对来上田城住了两天的泷川三九郎只说了一句"想麻烦你保管"便将於菊交给对方，谁知道他此时的心情怎样？

阿德死后，昌幸不管去哪里都要带着於菊。久而久之，从来不曾抚育於菊的山手殿都渐渐喜欢上了於菊。

见三九郎没有推辞，幸村立刻低头致谢。

"三九郎大人，那就拜托你了！"

直到泷川三九郎允诺收留於菊之后，真田昌幸才说出於菊其实是他的小女儿。泷川三九郎虽是豪爽之辈，一听之下都不免怔住。

"啊？"

三九郎先前当然不知道於菊是昌幸之女。

"我叫於菊。"於菊先前一直凝视着三九郎，这时顺势伏地行礼，说道，"给您添麻烦了……"

看来，昌幸和幸村早就跟於菊讲清楚了。他们都不想再将於菊留在上田城内。

昌幸绝不是嫌她麻烦而让她走人，而是不愿让豆蔻年华、惹人垂爱的於菊卷进真田家日后的命运。

昌幸明明觉得西军胜算甚大，为何又要将於菊交给三九郎呢？这是否表明昌幸、幸村父子都暗暗担忧西军会败？

看似理所当然，却颇有令人费解之处。

这太不像是昌幸和幸村的作风了。何况，他们若真要保证於菊的人身安全，办法自然有的是。

三九郎一绩固然是泷川一益之孙，然而泷川家败落甚久，三九郎只是一介浪人。将於菊交给这样一个男人，是不是太勉强了？

话说回来，西军取胜之后，於菊肯定要重续和宇多赖重的婚约，嫁往石田三成一贯倚重的宇多家。然而，真田昌幸是对三成抱有强烈期待才接受这门亲事的，他事后曾对山手殿说道："我当时真不是欣然同意，而是真没办法推辞。"

虽说将可爱的小女儿放手的父亲可能全是这副德行，但冷眼旁观之下，幸村总归明白"若无其事"将於菊交给三九郎的昌幸之心。

没打听详情便应承下来的三九郎确实超凡脱俗。

於菊没有仆人和侍女，就这样孤身跟着泷川三九郎离去。

"这样的话，我就不去近江和上方旅行了，先将她带回江户的家里吧。"

"好，这样最好。反正就算你去观战，也一样束手无策嘛。"

次日夜里，泷川三九郎带着於菊悄悄离开了上田城。

当时，真田昌幸像对待小女孩一样抱起於菊，笑道："你且忍耐一些时日，要盼望着咱们重逢之日哟！"

"是。"

"去看看不同于上田的地方，未尝不是一件好事。"

"是。"

"三九郎大人，您尽可放心，好好过日子吧。"

昌幸赠给三九郎大量金银，希望於菊能自由自在地生活。

三九郎悉数收下了。

二人逃出上田城时，草者将他们带到了安全的地方。

泷川三九郎没将此事告诉岩柜城的真田信幸，直接回到了江户的家中。

直到翌年春天，伊豆守信幸才又见到泷川三九郎。听说於菊成了三九郎的妻子，信幸登时张口结舌，讶道："怎么会……"

总之，真田昌幸、幸村父子对突然造访上田城的泷川三九郎一绩抱有极深的信赖和好感，这是不争事实。后来，三九郎果然成了一名不辜负真田父子期待的男子汉；而三九郎之妻於菊则易名阿妙，宽文六年五月十三日以八十三岁的高寿悠然追随亡夫而去。

三九郎同样得享高寿，卒年八十岁。

"你父亲是一个不违逆命运的人。"

三九郎死后，阿妙对儿子泷川丰之助如此说道。

仔细琢磨这话，似乎就会理解昌幸将於菊交给三九郎的用意。

昌幸和幸村都是"和命运对抗到底"的男人。他们事前肯定料不到会有泷川三九郎这种被遗忘的人物突然来访。然而，昌幸只跟三九郎谈了两夜，便决定将於菊交给这个男人。

"我想将於菊暂时交给泷川三九郎，你说呢？"

昌幸只是简单跟幸村提了一下。幸村的回答同样简单。

"很好。"

当时的优秀男子总是有着清灵、洗练的直觉，这不独以昌幸、幸村和信幸为然。他们根本不需要冗长的谈话、论理和拉杂的说明。

他们似乎精准把握住了人和人所生活的世界的不合理性。这个世界诚然是有理可循的，但是人这种生物总是"不合理地产生"，所以谁都无能为力。人的肉体十分合理，但加上了感情这玩意儿，便矛盾重重。

日后，泷川三九郎跟真田氏本家和分家的人有着种种关联。

所以本故事自会对他加以瞩目，直到他悄然辞世。

第二章　长良川

第壹话

我们且将时间回溯至九月十二日——

之前一天，德川家康的大军抵达了尾张的清洲城。此日进行休憩。家康正专心听取前线送来的情报。

同日，进攻上田城失败的德川秀忠正率第二军艰难翻越大门峠，靠近诹访。而美浓岐阜城内的东军先锋则正等着家康到来。

东军占据着岐阜和赤坂一线，跟大垣城的西军对峙。

家康来到岐阜之后，似乎一度有意水攻大垣城，但那样便会导致战争无法速战速决。

总之，决战战场的东军迎来了家康。岐阜城由此变得至关重要。负责联络的骑兵频繁往来于岐阜和赤坂；清洲、岐阜沿途更有东军的部队来回巡视，以监视大垣城内的西军动向。

东西两军都汇集到了广袤的浓尾平原之上。

这里不是山地，双方的动静都被对方看得一清二楚。

像这样的野战正是德川家康最擅长的。

大垣城的城郊没有建在险峻的山地上，西军纵欲笼城，亦难为无米之炊。

从后方的关原至近江上方都是西军势力的范围，分布着大量部队。所以，大垣城不是孤城。

而且，西军统帅石田三成当然不是来这里笼城的。他挥军来到这里，是要迎击"西上"的德川家康。无奈东军先锋的速度太快，只一天就拿下了岐阜城，这委实超出三成的想象。

三成将毛利秀元、吉川广家、安国寺惠琼、长束正家、长宗我部盛亲等数支部队布置在了大垣城西方二里有余的南宫山，以牵制赤坂的东军大营。

大谷吉继和胁坂安治、朽木元纲、平冢为广等人则去关原布阵。

这两天内，小早川秀秋的部队亦会去松尾山布阵。

如此安排，自是要防御东军攻打近江。

只要观望一下大垣城、南宫山、关原的地形和西军的阵形，便会觉得这般布阵委实甚是妥当。

然而，大垣城内的石田三成坐立不安。

他看不到盟军将领们的斗志。

他固然是在南宫山布置了多支盟军部队，让毛利秀元等人登上山顶，但从那里俯瞰东西两军的动静犹可，紧要关头却需要专门从山顶跑下来作战。

实际上，山顶只要安排一队负责警戒的士兵就行了。

一旦战斗打响，必须让大家立刻出击，压制赤坂东军。这在所有人眼里都是一目了然的事实，毛利秀元却在靠近山顶处安营扎寨，稳坐泰山。

南宫山上诸部队的兵力接近三万。这些兵力对西军有多重要呢？——他们跟东军的德川秀忠的第二军兵力相当。

九月十二日，石田三成给大坂城里的奉行增田长盛写了一封长信，自称将在南宫山山麓布阵的长束正家和安国寺惠琼召回了大垣，多方刺探之后，觉得他们只顾虑自身安全，不是很靠得住。

"盟军的打算实难揣测……若我方诸将齐心协力，敌阵二十日内当可破矣。"但照眼下来看——"我方自是难保无虞。"

言下之意，再这样下去，盟军很可能会从内部瓦解。

统帅竟如此苦恼，西军怕是真没救了……

三成无疑难以忍受西军诸将那薄弱的斗志。

而且，他又说道："军队资金和兵粮十分困窘，望你体察。"

有关宇喜多秀家、岛津惟新（义弘）、小西行长众人，则称："他们奋不顾身前来帮我，让我深受感动。"此事不容忽略。

——西军到底能否取胜？

盟军诸将因被东军"先发制人"而疑虑重重。三成希望挽回局面，让盟军诸将相信："这样便不要紧了，我们能取胜！"

石田三成的这种焦虑，字里行间表现得一目了然。

增田长盛是石田极度信赖之人，哪知他竟然勾结德川家康，表示："无论哪方取胜，我只希望能活下来……"

这样想来，石田三成的情绪自是糟糕透顶。

而且，这封信没有送达大坂。

三成相信近江至京都、大坂的道路都由自家势力掌控着，这固然是实情，但他根本不知道甲贺的大和守山中俊房会进行何等骇人的暗中活动。

三成的信函再次被山中忍者劫走了。

如此一来，敌方统帅的苦衷便一字不漏被德川家康知晓了。

上田城的真田昌幸和幸村父子无法得知石田三成此时竟会如此惶恐。纵使他想力挽狂澜，盟军将士亦不会依他的意思行事。

他想夜袭赤坂，却错失了良机。赤坂的东军大营日益充实，阵地的建筑均被加固，无懈可击。

话说……

德川家康率军抵达尾张清洲之后，岐阜城一带便开始加速整备。东军的武器、弹药和粮食的搬运，仅靠辎重兵是根本来不及的。

所以，岐阜周边的百姓亦被动员了充当劳力。

无论男女，被动员时都领到了报酬，所以他们都很愿意。

"行的话，出来干点活吧？"

甚至有附近的百姓来招呼暂住长森村外老夫妇家中的阿江。

"我行吗？"

"当然，当然。缺人手，正伤脑筋呢。"

第贰话

无论这一战结果如何，伏见真田府邸的本家和分家诸人都要相互帮助，直到最后。

这时，伏见的真田府邸又是怎样的情形呢？

真田氏本家和分家的家臣们共同看守府邸。本家指派的是真田昌幸的重臣长门守池田纲重，分家指派的则是铃木右近忠重。

不算仆佣和侍女，他们手下共有二十个人。

自西军进攻伏见城以来，真田府邸便被西军监视，此时都快有两个月了。

伏见和大坂的西军都听说了真田氏本家坚守上田城以支持西军一事，而且知晓了真田氏分家的伊豆守真田信幸投向东军。

若是这样，西军大可不必监视真田氏本家的人。然而，西军又不敢放松对真田氏本家和分家的监视。总之，西军似乎觉得决战分出胜负之前，务要留意伏见府邸的真田家人士。

别忘了，昌幸、幸村父子当初曾随东军出兵攻打上杉家。

眼下，大坂、京都、伏见一带流言漫天。同一件事，片刻前尚是"白"的，转眼间就又会变成"黑"的。

到底谁是真正的盟友？而谁又是敌人的卧底？

一切都扑朔迷离。

然而，真田府邸虽被周密监视，幸好粮食等物资储备丰足，大家的生活一如平日。

莫如说，跟开战之初的状态相比，真田氏本家、分家的人早就没了分歧。他们碰到事情会彼此协商、相互帮助。池田纲重跟铃木右近讨论之后，一同叮嘱大家不可听信流言。

纲重和右近当然清楚本家和分家分属敌我两方。但纲重只是第一时间听壶谷又五郎说了此事，之后就没再得到新情报。

分家的情况不得而知。就本家而言，壶谷又五郎手下有大批草者，一旦有何风吹草动，他们便会避开西军的监视潜进府邸报信。

这段日子里，又五郎和草者都没来伏见的真田府邸。

铃木右近偶尔会跟池田纲重下下围棋。两人的谈话基本上不会碰触这次的战役。所以，右近日后说道："从未像当时那样了解长门守大人的人品。"

长门守纲重只怕亦然。

二人下着围棋，拿妥了主意。无论这一战结果如何，伏见真田府邸的本家和分家诸人都要相互帮助，直到最后。

总之，因为全无情报，铃木右近只得走一步算一步，终日不是午睡便是下棋。

他当然不知道泷川三九郎突然去了沼田城，随伊豆守部队观看上田攻防战，更不知道三九郎会跑到上田城和昌幸、幸村畅谈两夜。

倘使得知昌幸将女儿於菊交给泷川三九郎，三九郎带着她回到江户小石川村指谷的家中一事，铃木右近恐怕会大吃一惊。

小石川村的指谷地区跟右近忠重颇有缘分。

那是八年前的事情，时值文禄元年早春。

当时，右近卷进了信幸的侍女阿顺之事，逃离沼田，躲在江户高轮台的森林中悄悄目送真田父子的部队西上，看着他们去参加丰臣秀吉的征朝大军。就在那时，他邂逅了如今效命德川家康的大和柳生庄的庄主但马守柳生宗严的四子——五郎右卫门。

铃木右近被三名无赖浪人袭击，危急之际幸得柳生五郎右卫门相救，就此追随五郎右卫门去了大和地区的柳生庄。

五郎右卫门宗章当时独居小石川指谷的一个民房，右近便跟着他去住了几天。当时，柳生五郎右卫门告诉右近，这附近住着一位大有来头之人。

"是谁啊？"

"好像是泷川左近将监大人的家人。"

"哦。"

右近没太当回事。

当时，泷川三九郎的父亲—忠尚且活着，而且就住指谷，却没有跟柳生五郎右卫门往来。跟五郎右卫门那个小民房相比，泷川家稍微大些，而且有个像模像样的门。五郎右卫门似乎是从当地百姓口中听说了泷川父子之事。

指谷地势不平，掩映在树木间的山谷中，四处分布着人家。如果没有特别的机会，武士之间自然难有往来。

后来，铃木右近得知泷川三九郎娶了於菊，颇是吃惊，对真田信幸说道："我曾被柳生五郎右卫门大人带去的地方，便是小石川村的指谷。"

“哦？”

“我应该对您说过这事。”

“也许吧……”

真田信幸当然不会忘了右近被柳生五郎右卫门搭救之后，曾随对方学习柳生新阴流的刀术，但确实对五郎右卫门住的地方没印象了。然而，他似乎早就知道泷川父子住在指谷，所以隐约有点记忆。

“不对吧，我没听说过。”

“我确实对您说过。”

“没听说啊。”

“我真对您说了。”

结果，主仆二人有点争执起来了。

（唉……不知师父如今身在何方？）

来到伏见府邸之后，铃木右近时常想念柳生五郎右卫门。

他给大和的柳生家去过信，但柳生家似乎根本就不晓得五郎右卫门的行踪。

（八年前若非师父搭救，我现下真不知会是何等情形……）

右近幽幽寻思着。

不消说，柳生家投向了东军。

右近只是对本家的真田昌幸变成敌方一事无比惋惜。他无法忘怀安房守昌幸对他和亡父铃木主水的深情厚谊。

铃木右近确信东军会赢。所以，他十分不解。

（老大人何以竟会支持西军？像他那样的人……）

他颇为费解。

话说回来，西军监视伏见真田府邸的态度莫名其妙。

这府邸里确实住着辗转成为敌人的分家人士，但是，让他们和西军的真田氏本家住进同一府邸，本身就很奇怪。

右近不由得认为，这正可看作西军对这场战役感到不安和困惑的表现。

这样的话，是不会取胜的。

（倘若本家的老大人见到上方这番情形，不知会有何感想呢……）

第叁话

超过半数的西军将领在"这场战争能否取胜"的不安和"好像有人秘密勾结德川"的疑惑中斗志渐丧。而事实上，东军的诱降工作一直在开展，从未间断过。

担任东军先锋部队监军的本多忠胜和井伊直政等待家康西上期间，曾向大谷吉继派去密使。

当时，吉继结束了和石田三成在佐和山的会见，回到越前敦贺的居城，正准备再次出兵。

"既然我加入了西军，即便胜负难料，也无意再投降内府，空落不义之名。"他断然回绝道，"但若能与本多、井伊二位相会，吉继亦有事想谈。我不想托人捎话。"

那么，他想谈的究竟是何事呢？

"请您务必说说。"

使者们刨根问底。

大谷吉继摇了摇头。

"我要捎的话不会被你们老老实实转告的。哪怕有一句出了差错，我的心意便无法传达，徒劳无益。"他不肯答应，"不过，你们可如此转告本多、井伊二位将军。将我们此次的计划一味当成暴动或谋反这样的做法，跟二位将军的行事方式不符。请你转告他们，就说吉继这么说的——上杉景胜、毛利辉元、石田三成等人全是为了身在大坂的幼君（丰臣秀赖）着想，至少该明白他们的这种志向。如果不仅不这样做，还用极难听的话进行谩骂，或许反而会丢尽内府（家康）的脸！"

说着，吉继有些激动了。只因他谈到了一件事情——受丰臣家恩泽却参加了东军的大名福岛正则给大谷吉继的去信中竟称："我一定要消灭石田三成那个暴徒。"

"看了这封信，我抚掌大笑。你们尽忠德川，而我们效忠丰臣，道理如出一辙。我倒是真没料到深受故太阁殿下恩泽的左卫门太夫（正则）竟趁势兴风作浪，口出如此难听之语。你们大可将此事转告二位。"

据说本多、井伊的使者们最终无法正视大谷吉继，面红耳赤地垂下了头。

那之后，东军再也没有派人诱劝吉继。

再说说小早川秀秋吧。他是丰臣秀吉未亡人（北政所）高台院的侄子，曾做过秀吉的养子。

家康自然向小早川伸出了橄榄枝。

石田三成曾评价小早川秀秋是无能之将，而且不是暗中评价。他的确所言不虚。丰臣秀吉曾将这位侄子从九州发配到北国，削减封地，严加处置。

　　他得以官复原职，再度当上九州筑前名岛城主，重拾五十二万两千五百石的封地，完全是靠德川家康在秀吉面前调停。因此，对小早川秀秋来说，为那个"见到他的模样便不快到极点"的石田三成作战，无论如何都不情愿，但西军是为丰臣家的存亡背水一战，身为丰臣家的亲戚，他不能无视这一问题。

　　然而，伏见城攻防战之际，他坐不住了，提出想随岛津惟新一起"入城"，却被城将鸟居元忠拒之门外。

　　小早川秀秋十九岁，年纪尚轻，所以小早川家重臣的意向便是问题关键。

　　秀秋的重臣们早就向德川家康派了密使，甚至送去誓文，宣称："我们会坚定支持内府公的。"

　　小早川秀秋年纪尚轻、碌碌无为，甚至曾上洛拜访高台院，向她倾诉苦恼，说这回的战争使他一筹莫展。眼下，他率兵从伊势来到近江，在佐和山南面一里左右的高宫宿营。

　　无论如何，小早川秀秋拥有一万五千兵力，所以大垣的石田三成屡次派人命他尽早发兵，但秀秋总是称病不见来使。

　　秀秋的阁老们不让他见，而秀秋本人估计也不想见。

　　驻军关原的大谷吉继和小早川秀秋一直交厚。吉继不想袖手旁观此事，遂托平冢为广前去询问，看能否去看看小早川的情况。

　　大垣的西军部将户田重政当时恰好要出使小早川军营，途经关原之际碰上平冢为广，两人便联袂奔向高宫。

　　半路上，户田重政对平冢为广低语道："倘若中纳言（秀秋）有二心，我打算刺杀他。"

　　假如秀秋不肯帮助西军，索性干掉他算了。

（小早川秀秋到底是敌是友？该如何利用秀秋才好……）

西军甚感棘手。

如果他肯支持西军，那这一万五千兵力着实可以指望，但秀秋对西军总部的指挥总是置若罔闻。

“本来要回大坂、京都一带治病的，无奈天下危急，故唯有早日前往大垣拜见。”

阁老们只是这样随口敷衍使者。

倘若小早川挥兵来近江竟是另有所图，西军便没了指望。所以，平冢为广只好同意户田重政“索性刺杀中纳言以绝后患”之议。

然而，户田重政和平冢为广这两名使者竟然无缘和小早川秀秋面谈。阁老们坚称近日就去大垣候命，坚持不让他们见到秀秋。

两名使者无奈之下，只好分别返回大垣和关原。

第肆话

是夜，自清洲至清洲以北六里的岐阜绵延着东军诸部队的篝火，宣告着德川家康率三万余大军抵达战阵。

九月十二日是抵达尾张清洲城的德川家康安排的休整日，用以听取陆续从前线传来的情报。

中午前，担任先锋部队监军的本多忠胜和井伊直政从赤坂来到了清洲。

家康兴致勃勃，反复称赞先锋部队真是进攻神速。

"甚合我意。"

忠胜来到直政地图之前，仔细汇报了之前的战况，估计还向家康报告了动员西军诸将当内应的成果。

至于大谷吉继转告本多、井伊使者之语有没有如实禀报家康，就很难说了。但是，家康肯定打消了策反吉继的念头。

本多忠胜说清洲至岐阜、赤坂沿线正牢牢由东军掌控，而大垣城的西军则全无斗志，建议待中纳言（秀忠）抵达后便进行决战。

然而，德川秀忠的第二军没有半点消息。

"立即从木曾路向美浓进军！"

家康先前就派了急使传令，所以近两日内肯定会收到秀忠的具体位置。他完全没想到第二军会在上田城的攻防战中浪费许多时日，而且代价惨重。

"嗯、嗯……"

家康认真听取本多忠胜的建议，频频点头。忠胜说完，家康又征求井伊直政的意见。

"我觉得大人早点去赤坂较好。"

直政只说了这样一句便沉默不语。家康自然明白他的意思。

——没必要等第二军到来，战机成熟了。

何以如此？只因大垣城的西军缺乏斗志！

东军先锋攻陷岐阜城之后，以雷霆之势进军赤坂，呈现出一派锁住大坂咽喉的态势。井伊直政目睹这一过程，确信真正意义上的战争虽未开幕，敌军却是阵脚大乱。

（若我和石田治部少辅同一阵营，不止一次，而是有两三次先发制人的时机……）

而且，石田三成给大坂城的毛利辉元和增田长盛的密函亦落到了大和守山中俊房的手里，继而被拿给了直政和忠胜。

此密函于昨夜被送往清洲，交由德川家康过目。

大上个月（七月）二十五日一早，家康在下野小山的大营中召集家臣们秘密开会，直政当时对家康说道："不领天赐，反遭天谴。为了成就德川家的天下，我们唯有一往直前，主动进攻敌人。"

直政斗志昂扬，使五十九岁的家康深受鼓舞，决定悍然行动。

家康只觉得井伊直政"体内喷薄而出的赤焰般"强烈的欲望正遍传自己老去的身体。

直政希望家康立刻去赤坂大营，家康却打算先休息一天。

大家都不知道，家康强行军从江户抵达清洲，结果患了感冒，而且有点发烧。

行军路上，家康从常用的药箱中取药服下，这药是家康亲自调制而成的。

这年秋天雨量不小，而且冷得宛如冬季，自然让五十九岁的家康难以承受。但是，家康没有露出形迹，只是说明日先去岐阜。

本多忠胜跟井伊直政回赤坂的途中顺便去了岐阜，就家康明日到达时的安排和准备下达了周密指令。

这一日，家康依然边休养边给各路大名写信。

"我将尽快消灭一众暴徒，于近期报告喜讯。"

基本上都是这类信函，强调战势正变得对东军有利。

傍晚时分，岐阜附近寺庙里的僧人将上好的柿子装入篮中，献给家康。家康大悦，抓起那个大柿子，对家臣们笑道："大垣很快便会落到我手里喽。"

是夜，自清洲至清洲以北六里的岐阜绵延着东军诸部队的篝火，宣告着德川家康率三万余大军抵达战阵。

清洲城下往西一里之地，有条流经二寺村附近的河——江川。

猫田与助就蹲在江川的河畔，凝望着熏染夜空的篝火。

这一带有东军部队的营帐。

二寺村据说是清洲城主——如今奔赴赤坂前线的福岛正则——的出生地。正则是住在二寺村的福岛市兵卫之子。当时的清洲城主是织田信长。正则的父亲似乎是开桶店的，具体情况不详。

二寺村东南二里，便是太阁秀吉的出生地——中村。

然而，猫田与助对这些事半点兴趣都没有。他一直孤身搜索着近江和美浓的山野、城镇、村庄，却查不到真田草者的行踪。

之前偶尔会碰到别的山中忍者，听他们讲讲那以后的事，但随着决战之日迫近，山中忍者都忙得不可开交。

就连一贯以"手下最多"自居的山中俊房都忙不过来，数日前亲自来到赤坂的东军阵地指挥属下忍者。

（草者突然收手不干了。）

山中忍者似乎有了这样的感觉。倘若草者坚守近江、美浓，西军统帅石田三成的信函哪里会被山中忍者轻松拦下？所以，他们觉得草者根本就没管西军之事。

只有猫田与助不那样觉得。

（不！草者断然没回信浓！他们在，绝对在！这些家伙肯定正犹如箭在弦上——）

那么，草者箭在弦上，所为何事？

猫田与助自信猜得出来。

（这些家伙赌上一切，只是要取家康公的首级。肯定是这样！）

与助坚信决战之日就要到了。

（既然如此，与其四处寻找，倒不如等着草者现身。）

所以，他打算跟着德川家康的大军。

（会现身的……肯定会现身的。阿江一定会现身的。待到那时，我无论如何要将她结果！）

老年与助的那种锲而不舍，明面上是要保卫德川家康，实则根本就是对阿江的复仇之火暗中作祟。

第伍话

（那个时候……那个时候……我哪里会忘了那件事啊！）

那个时候，阿江给了猫田与助一个奇耻大辱。

任何一个男人，都无法忍受那样的奇耻大辱。猫田与助甚至觉得倒不如被阿江杀掉！

那个时候……

距现在快有二十年了。当时，武田胜赖犹自活着，苦苦抵挡织田信长和德川家康的军队，意欲力挽狂澜。

那时，与助已然知道杀害父亲猫田与兵卫之人就是阿江的父亲——马杉市藏。

为取背叛甲贺、效命武田家的马杉市藏的首级，三名山中忍者潜入了武田家的大本营——古府中（甲府）。

甲贺头领山中俊房曾叮嘱道："不要执著忍者间的恩怨……但是，不要放过市藏那家伙。"

他大概是怕市藏向武田信玄透露甲贺忍者组织的情报。

古府中的城郊，三名山中忍者袭击了马杉市藏。

市藏负伤欲退，却又对当先追来的猫田与兵卫回身一击，将之杀死。另两名山中忍者见情况危急，立刻全身而退。

这两名山中忍者是田子庄左卫门和栗原门藏。他们回到甲贺，向山中俊房报告了大致情况。

那之后，庄左卫门对此事保持了沉默，门藏却特意把年龄尚轻的猫田与助喊来。

"杀死你父亲之人，就是那个马杉市藏！"

那时的与助自然深恨市藏。

与助在甲贺忍者中评价很高，大家都说他虽然年轻，却绝不逊色其父猫田与兵卫。正因如此，与助本来没打算将忍者的任务置之不理，径自去追击杀父仇人。若偶然碰上马杉市藏则另当别论。倘若当真见到市藏，他自要杀之后快。

猫田与助年轻时性情开朗，执行忍者任务的口碑甚佳。见过昔日与助的甲贺忍者尚有几人活着，都觉得与助简直变了个人。

与助为什么会转变呢？为什么不惜抗拒头领山中俊房之令，坚持追杀阿江？

随着年龄的增长，与助的复仇之心日益强烈。他年届花甲，深信若错失这一时机，便会错失杀掉阿江的机会。

话说……

将近二十年前的这时，猫田与助探明三河、信浓交界的山中有一个武田忍者小屋。他和另一名山中忍者杉右卫门联手行动，却不慎被小屋里的武田忍者发现。一番恶战之后，他们杀掉了四名敌人。

但是，杉右卫门死了。

就是那时，猫田与助生擒了小屋内的女忍者。

他不晓得这女人便是马杉市藏之女阿江。

与助不是如今的与助，阿江亦不是如今的阿江。

阿江尚且年轻。

与助浑身沾满着敌人的鲜血，强暴了阿江。

阿江的手脚被缚住，就那样被他剥光了衣服。

与助的情欲很久没有平息。

阿江非常柔顺，搞得与助觉得她不像是女忍者。

所以，与助动了疑念，开始盘问阿江。

阿江自称是这附近山里的女孩儿，被人掠到这里，供男人们玩弄消遣……

与助半信半疑。

阿江的"演技"似乎含有一种不可捉摸的成分。

尽情玩弄阿江之后，与助喝掉了小屋里的浊酒。反正捆绑阿江的绳子又不会自行松开。

与助没有喝很多酒，酒中也没有下毒，却因身心激烈活动而很快醉倒。

此时，他兀自寻思着离开小屋时再给女子把绳索解开。

（这样一个女孩，哪里会是女忍者嘛……）

女子丰满的裸体任由猫田与助的目光舔舐着，她抽抽噎噎，哀哀哭泣。

（对了，离开小屋之前，不如再来一次……）

与助坏笑着，不知不觉睡去。

不能不说，这位甲贺山中忍者委实太缺乏警惕——这里毕竟是敌方的忍者小屋，敌方忍者没准会突然出现。

与助自然明白此事，却硬是睡了。

山中忍者猫田与助素以大胆著称，正是这胆量给他引来灾厄。

当然，他没有睡沉。他毕竟是个忍者，没有一味酣睡，却没察觉那个女孩竟开始悄悄行动。

突然……

身体仿佛被铁条狠命抽打了一下。

第陆话

与助登时惊醒，惨呼不绝。

那一瞬间，与助经由两股间喷薄而出的鲜血和剧痛，明白了适才受到的伤害。

只见那女孩赤身裸体举着匕首，天不怕地不怕地笑着。

"你是山中忍者吧？"

"唔……你……"

与助勉强稳住身体。

如此天旋地转的痛苦之中，跟她搏斗定无胜算。

"记着！我是马杉市藏的女儿！"

"啊？"

之后的事，与助有些忘了。

他忘了阿江是不是真要杀他。要不然，她就是冷眼看着他连滚带爬从小屋离去。

反正他是活下来了。

若腰间的皮囊被她解掉，估计就没救了。

皮囊里面有甲贺的疗伤药。

总之，从那一刻开始，猫田与助就丧失了男人的本事。

他的阳具被彻底斩断。

（不杀马杉市藏之女，誓不罢休！）

与助对阿江那不同寻常的恨意日渐刻骨。

他不仅要杀掉她，更要将她碎尸万段。如果不让她尝尝女人最不能忍受的痛苦，不让她受尽折磨而死，便不足以解恨。

九年前，阿江随真田草者摸进甲贺，却被山中忍者包围，一时身负重伤。

大和守山中俊房吩咐大家要活捉阿江。

猫田与助暗暗立誓，若是捉住阿江，便要当众将她虐杀。

哪知阿江竟成功脱身。

她本来是逃不掉的，无奈山中忍者田子庄左卫门收留了她，待她养好伤之后又帮她逃离甲贺。庄左卫门被山中忍者杉坂重五郎砍下脑袋，阿江却总算逃出生天。

（简直岂有此理！）

得知此事时，猫田与助的懊恼绝非旁人所能理解……

与助没对任何人说起自己肉体上的秘密。如今，蹲在江川岸边树丛中的猫田与助肩上搭着一个小布包裹，头戴一顶破斗笠。

他身边放着一根五尺左右的长手杖，活脱脱就是这一带路上随处可见的平民老头儿。

（内府公就快到岐阜了吧……）

与助打算悄悄跟着德川家康的队伍，静待真田草者和阿江现身。

恰在这时……

阿江和附近的百姓们一起修整岐阜城下的道路、收拾战火后的废墟，她刚刚领到报酬，和老夫妇一起回到长森村外。

运货的马车队源源不断地来到岐阜城下。百姓们被吩咐明天、后天过来，而且报酬不错，所以乐此不疲。

和老夫妇一起吃过小米粥之后，阿江收拾好，打发老夫妇睡下，出门打水。

天空阴沉沉的，夜晚的寒意袭人。

"喂……喂……"

身后的竹林中有人唤道。

是向井佐助。

"啊，佐助……"

阿江环顾四周，走进竹林。黑暗中，佐助冲她笑着。

"佐助，有日子不见了……"

"是。"

"大家可好？"

"嗯。壶谷又五郎大人有话捎给你……"

"什么事？"

"今天夜里，草者将离开笠神的小屋，搬到伊吹的小屋去。他让我告诉你这件事。"

"去伊吹？"

"是的。"

"嗯……"阿江似乎思索着，"就这一件事？"

"对。又五郎大人说前天悄悄潜入这一带，看见阿江你了。"

"哎呀……我一点儿都没察觉。然后呢？"

"只说了这些。"

"这算什么？"阿江笑了，冷不防揽过佐助，"佐助多大了？"

"十六岁……"

"十六岁了呀……"

"是的。"

"好吧，你好好听着！"

"哎？"

"又五郎大人早有安排，你不会死的——草者不能断了根脉，必须有你这样的年轻草者活下来，永远向真田家效力，你懂吗？"

佐助没有回答。

阿江紧紧抱了佐助一会儿，眷恋地低语道："你几时见了上田的父亲佐平次，就把我今晚的话转告他吧。"

第柒话

石田三成虽然有全盘打算，怎奈盟军们皆无行动之意。

翌日——九月十三日，德川家康率大军离开清洲，去了岐阜。

他的轿子由白木制成，被十名足轻抬着。

家康穿着简易的盔甲，白披风上密布葵花图案，头戴赖政头巾。

骑兵在轿子前后护卫，其中包括大和守山中俊房的堂弟——内匠山中长俊。

自家康从伏见东下，山中俊房便以佐渡守正信的家臣身份混进队伍。而正信却当了德川秀忠的辅臣，前往第二军。

总之，家康命山中俊房一路随行。

保护家康轿子的骑兵队后面，紧跟着十名徒步前行的女子。

她们大放异彩。

可以说，这在其他大名和武将的队伍中是根本看不到的。

她们不是年轻女子。所有女人看上去都有三四十岁，身强力壮。

她们不施粉黛的脸被晒得黝黑。她们没穿军装，但脚下鞋履十分齐整，头发用白布束着，腰上带着匕首。

这些女人是德川家兵们的遗孀，是身份相对较低的家兵阵亡之后，从他们留下的寡妇中认真挑选出来的，负责照料家康在战场上的日常起居。

以前的家康从未带女人上过战场。但是，阵亡的家兵们的遗孀中，有些勇敢的妇人令武士们都自叹弗如。她们纷纷恳求家康允许她们接替亡夫向德川家效命。真是些了不得的妇人。

她们既能骑马，又会使长刀。但是，不管是怎样的女中豪杰，总归不能驰骋疆场，马革裹尸吧？

自朝鲜战役那会儿奔赴肥前名护屋之际，家康便命这些未亡人随行照料起居。这些徒具女儿身形却难辨雌雄的女人，不管是从年龄来看还是从不让须眉的性情来看，都不会乱了风纪。

近来，她们甚至连言谈都男性化了……

担任本次十名随军女侍从头目的，是山尾传右卫门元之的未亡人於喜佐，四十二岁。山尾传右卫门十年前攻打小田原时战死，据说他跟於喜佐所生的山尾久藏元长参加了秀忠的第二军。

轿子上的德川家康双目炯炯，似乎定定凝望着大垣城的方向。

"紧急时刻，我会亲自持枪杀敌哦。"

头天晚上，家康随口对侍臣说道。其昂扬的斗志由此可见一班。

赖政头巾下，家康的双眼灼灼生辉，鼻梁高挺，嘴角紧抿成一字形。他脸庞两侧的双耳大而肥厚，好似又生了一张脸……

东军的本阵抵达战场了。

马蹄声不绝于耳，三万余人的部队浩浩荡荡，数不胜数的枪头映着云间投下的阳光，闪闪发亮。而大垣城内的西军将官直到此时才得知家康到了清洲。

另有一说，称西军诸将此时都觉得家康正激烈攻打上杉家，尚未回到江户城呢。

按理说，他们不会如此之蠢。然而，他们派向大坂的使者确实被杀了，密函更是被夺。

以东军的角度看来，西军的情报网根本就不值一哂……

真田家的草者亦跟西军断了联系。自开战之初偷袭山中忍者的小屋后，草者便按兵不动了。

当时，僧正峰和长比的忍者小屋被草者偷袭，共计十七名山中忍者被杀。山中俊房无疑损失惨重。需知，那十七人无一不是千挑万选出来的高手，本该以"战忍"之姿活跃此番战阵。

山中俊房没了办法，只得向伴太郎左卫门长信求援。伴家亦是甲贺三十六家之一，但忍者组织的规模无法和山中家比美。

伴长信只调来不到二十个忍者来协助山中忍者。因之，山中俊房忙得焦头烂额，根本顾不上再搜索草者。

而且，他觉得草者之所以没了踪影，恐怕是回信浓去了。内匠山中长俊亦持相同观点。

大部分甲贺山中忍者都觉得，草者怕是接到了真田氏本家的撤回命令，所以才果断奇袭甲贺的忍者小屋，继而返回上田。

断言"草者留下来了"之人，似乎只有猫田与助。

壶谷又五郎虽跟大谷吉继、石田三成保持联系，却无意从旁相助，以此避免跟甲贺忍者交手，避免草者的行动被甲贺察觉。

一旦被察觉，便会被提防。又五郎怕的就是这个。

而这正是他和幸村之间最后一次谈话的要点。他们决定免却一切行踪，将一切都赌到最后的时刻。

却说大垣城的西军眼看着德川家康的大部队离开清洲，去了岐阜，只得面对事实。

——内府大人到了！

"内府大人离开江户，打到这里了！"

虽说西军早就想到了这一情况，但亲眼目睹家康的大部队威风凛凛抵达岐阜，其震撼中不免带上某种复杂成分。

他们完全不想将家康引来。

东军先锋尚未击破，岐阜城尚未夺回，清洲地区尚未攻取……这些足以影响东军斗志的安排尚未实现，家康竟然就来了。

石田三成虽然有全盘打算，怎奈盟军们皆无行动之意。

他们不肯行动。他们要不就登上山按兵不动，要不就回到后方的近江休整。总之，没有一支部队从大坂前来。

是日午后，附近充当劳役的百姓们夹道欢迎抵达岐阜城的德川大军。不消说，阿江自然混迹其中。

家康进了岐阜城之后，部队犹自绵延不绝。

百姓们组成了运输队，帮东军运送武器弹药、铁炮、粮食和雨具之类东西。这运输队同样浩浩荡荡。

日暮时分，岐阜城一带篝火漫天。

岐阜和赤坂之间，骑兵们举着火把来回巡视。

岐阜西侧三里有余的大垣城内，此番景象被看得清清楚楚。

毛利、长束、安国寺、长宗我部等驻扎在南宫山的西军将领也都敛声屏气地注视着这番情景。

石田三成将南宫山诸将召至大垣城，火速召开了军事会议。

入夜，风停了。

第捌话

是夜，大垣城中的军事会议开到中途时，小早川秀秋的使者到了。

小早川秀秋率八千士兵抵达柏原，让使者捎来口信："我因病不能上阵杀敌，自知引起诸将猜疑，但我绝无异心，故而前来柏原。"

这倒罢了，他又捎信解释称："眼下我动辄被疑，不宜进大垣城了，就等关东方面开城投降时再来见列位吧。"

——这未免太假了吧？

石田三成简直都不屑一顾。

先前，小早川部队刚到柏原，大谷吉继便去了小早川的营地。

吉继驻守关原西端高地，负责监视中山道的动静，以阻绝东军跟京、坂方面联络。

柏原就在其西向一里。

一听说小早川秀秋到来，吉继便生出去看看情况之意。

"白搭！"

一直跟着吉继行动的平冢为广刚好来到吉继大营，立刻阻止。

大谷营地的下方是中山道，中山道附近便是平冢营地。

吉继点了点头，又道："但是，我总得先和他打个招呼。"说完便乘上了四敞大开的轿子。

大谷吉继的病情急转直下，不能再骑马了，甚至不能随意行走。他患了麻风，口腔都溃烂了，听觉亦大大衰退。他缠了条腹带，穿一件印着成群黑蝴蝶翩翩起舞的白色长袍，头戴白色熟绢头巾，连下巴都几乎裹住。

他的轿子由八名身强力壮的足轻抬着，在三十名侍从的护卫之下，向柏原进发。

夜深之后，大谷吉继回到营地。

因幡守平冢为广立刻上前问道："如何？"

"我见到中纳言大人了。"

因幡守为广前些日子与户田重政一起造访在高宫宿营的小早川秀秋之时，秀秋的阁老们拒绝让他们跟秀秋会面，所以他问道："当真？"

"虽然勉强，总归是见着了。"

"然后呢？"

"我觉得中纳言大人的病情只怕不假……"

"什么？肯定是撒谎。"

"是吗？嗯……"

以当时而论，武家的男孩子到了十九岁便是独当一面的大人。然而，不管吉继如何质问、劝说，中纳言小早川秀秋只是垂下苍白的脸庞，默然不语。

他的身体瘦弱得让人不敢认了。

那窥着站在身边的目光炯炯的平冈、稻叶二阁老脸色行事的情形，着实让人痛心。

（莫非中纳言大人当真有恙……）

大谷吉继长年被病患折磨，所以他懂得对这样的人再说什么都没用了。于是，他换了一个角度开口。

西军人士对小早川秀秋的猜疑日益加深，但他毕竟是故去的太阁殿下的亲属。他若举棋不定，对小早川家自非好事。

更何况他都来到决战的战场附近了。

不管这场战争的胜负如何，他总归是五十二万两千五百石的太守，倘若犹豫不决——

"天下将不会认可。"吉继如此劝道。

到底该投向西军还是东军呢……倘使他只是要投靠有利的一方，那倒罢了。总之，他必须下定决心，付诸行动。

决战时日迫在眉睫，而他犹未做出决断。那样一来，不管是西军取胜还是东军取胜，小早川秀秋的将来都难见光明。

虽未言及这一层，但大谷吉继的真意就在于此。小早川秀秋毕竟是丰臣秀吉最喜爱的侄子，所以吉继不能坐视不管。

秀秋的阁老们对吉继起誓说没有异心。

那誓言形同虚设，大谷吉继一目了然，怎奈却是束手无策。

难道要他直指那些人誓言帮西军战斗是撒谎？

小早川秀秋称明日一早便会去大谷吉继的营地附近扎营。

若说是信他，倒不如说是没办法了——吉继如此告诉平冢为广。

后者甚是不悦，沉默不语。

大垣城内的军事会议无果而终。

这时，岐阜城下被召集来的劳役们兀自辛勤劳作着——有命令说入夜后须集中四十艘船。

于是，四十艘用鸬鹚捕鱼的渔船被集中到了流经城下西方的长良川中。

鸬鹚是长良川上的名产。

养鸬鹚者与船老大们被唤来了。他们要在长良川上摆好渔船，用绳索将船连好，在上面铺上板子架设舟桥。

不消说，这是为明早德川家康的轿子渡过长良川做准备。

篝火燃得正旺。长良川畔，无数火把缓缓前行。

入夜后被喊出来的尽是男子。阿江和老夫妇一起回了长森。

夜深之后，下起雨来。但舟桥工事仍在继续，没有停工。

"快点！快点！"

东军的武士们在辛勤劳作的劳役们之间往来奔走，督促他们。

周边的警戒森严。

长森村外的家中，老夫妇因日间的辛苦劳动精疲力竭，死了般睡得正酣。

阿江却没有睡。

老夫妇完全没察觉阿江都整好了行装，正打算偷偷离开。

第玖话

片刻之前，一支东军队伍护着家康的马标旌旗，从岐阜城下出发了。

同一天深夜。

"喂……喂……内匠大人……"

内匠山中长俊的耳边响起低低的语音，一惊之下，醒了过来。

若是常人，只怕会大叫一声："什么人？"紧跟着一跃而起。

但他毕竟是甲贺的内匠山中长俊。长俊仰面躺着，纹丝不动。

"内匠大人！喂……"

"谁？"

"山中大和守大人手下的猫田与助。"

"嗯。"

"我曾经见过您。"

"对。"

山中长俊依然闭着眼睛，同时暗暗惊叹竟全未察觉此人进来。

与其说长俊为自己的大意感到羞耻，莫如说他瞠目于年迈的猫田与助作为忍者竟有如此能耐。

这里是岐阜城的内部，警备尤其周密，这与助却如风般进来……

"与助，一个人来的？"

"是。"

"有什么急事？"

"属下惶恐。深更半夜冒昧前来，求您千万要原谅我。"

"你是擅自来的？"

"是。"

"这件事，大和守大人不晓得？"

"嗯，这完全是我个人的主意。"

"无礼之徒！"

与助慌忙伏地行礼，说道："属下惶恐！"

内匠长俊瞟了他一眼，道："说吧！你有何事？"

"是……"与助上前说道，"求您允许我暂时当您的随从。"

"你说什么……"

山中长俊和猫田与助低声私语起来。一开始似乎还夹杂着长俊低低的呵斥，但他很快便开始用心听取与助的话了。

黎明将近，雨停了。

雨量好像不大。

与助犹未走出内匠长俊的寝室。

将四十艘鸬鹚渔船并连起来的舟桥差不多完工了。

船与船之间用长长的木桩钉进河底，船、板、河紧紧相连，形成人马皆可通过的临时渡桥。

说到底，舟桥是为乘轿去赤坂的德川家康而架设的。

雨停了，寒气森森。拂晓将近，雾也笼罩上来。

被赶出来的附近百姓汇聚到了城下指定的场所。

片刻之前，一支东军部队护着家康的马标旌旗，从岐阜城下出发了。

他们比家康早一步开进赤坂。

赤坂的冈山营地是东军大营，正准备迎接统帅的到来。

这时，长森村外的家中，醒来的老夫妇发现阿江不见了。

阿江对老夫妇说自己名叫"素女"。

"素女不见了。"

"床铺都收拾好了。"

"看来是去了什么地方。"

"可你看她的随身物品还放在枕边呢。"

"确实。"

"奇怪……"

"老婆子，这样的话，她肯定还会回来的哟。"

"这个家好不容易热闹些了……"

"没事儿，她肯定会回来的。她不是那种不跟我们打声招呼就消失的姑娘。好了，老婆子，你留在这里吧，我去干活儿了。"

"能行吗？"

"当然能行，当然能行。"

于是，老头独自收拾好，填饱肚子后离开了家。

天亮了。

庆长五年（1600 年）九月十四日的早晨——

阴历的这一天，相当于今天的十月二十日。

缭绕的晨雾中响起声势浩大的马蹄声，火把摇曳不定。

篝火兀自熊熊燃烧。

东军将士陆续赶到岐阜城下至长良川河畔。

数名骑马的武士赶来，开始在舟桥上反复往返。

他们是在试舟桥。

大约二十名骑兵从岐阜方向疾驰而来。他们并非要渡舟桥，而是将马赶进长良川的河水中，沿着水量增加、水流湍急的河，艰难前行。

这一队人马刚一结束渡河，便朝着赤坂营地奔去。

随后，试桥的骑兵中有三人骑马走进长良川中，似乎是试探水量和水的流势。

然后，一队足轻将长枪举在头顶，开始渡河。

这估计也是在尝试徒步渡河。

起风了，雾随风飘移。

随着晨曦渐明，将士们和战马的身影仿佛剪影一般凸现。

岸边的四面八方开始响起战马的嘶鸣声，号令声四下响起。

下游，早有一队运行李物品的马队开始渡河了。

这时，岐阜城方面响起了螺号声。队列整齐的东军诸部队大批出动，秩序井然地开赴以舟桥为中心的上游及下游沿岸。

雾被风吹散，周围亮了起来，各支部队的马标与旗标布满了城下至河畔沿途。

这边，部队已开始渡河。

即将载着德川家康的轿子渡桥的舟桥，被这些东军牢牢围拢。

这森严的警备不给敌人半点偷袭之机。

渡过长良川的部队早就向赤坂进发了。

螺号声渐渐靠近长良川的河岸。

德川家康已然从岐阜城动身。今天早上，家康和从清洲城出发时一样，身着简单的戎装，头戴赖政头巾，乘着轿子。

十名足轻抬着轿子，前后同样由护卫的骑兵保卫。内匠山中长俊骑着马，走在最前。

之前，内匠山中长俊一直跟随在家康的轿子后面。

轿子后面的护卫骑兵身后是那十名身强力壮的"女随从"，她们紧抿双唇，威风凛凛地迈着步子。

她们后面跟着十二名骑兵。

第拾话

"我们总算做完了要为治部大人做的事情。"

猫田与助和骑兵队的士兵穿着相同的军装。

他总是轻装上阵，所以这军装相对他老迈的身体，或许有些沉重。

与助的小眼睛在锥形的头盔下面发出犀利的光，聚精会神盯着前方轿中的家康那略微肥胖的后背。

猫田与助挺起腰杆，右手攥着长枪，那姿态年轻得简直形同他人。

与助的长枪是天明之前内匠山中长俊给他的，头盔和铠甲亦然。

他将枪柄截掉了。所以，虽然看着像支短枪，实则大大不然。

十名女随从走在与助等十二名骑兵之前。她们的前面又是一队骑兵，再前面便是家康的轿子。

家康的后背在骑兵们的队伍中若隐若现，但大概不会能有人瞒过与助的眼睛，混进这支队伍。

而且，山中长俊也在前方骑着马警惕地张望着。

"难道……"山中长俊一时难以接受猫田与助的独家见解，"大和守大人捎口信说，草者好像撤回信浓了。"

“我没说不是那样。但是，想想草者之前的行动……”

“这……”

家康大军从清洲到达岐阜，再到达赤坂，山中忍者一直跟随着进行警戒。山中长俊自然收到了他们的报告。

按照报告来看，大军抵达岐阜之后就不该再有意外。

长俊觉得家康身周布满了警卫，哪怕一只蚂蚁都爬不进来。

轿前开路的七十余骑及随行骑兵都是之前随家康东下的勇士，家康这次又带着大部队，哪有出现意外的余地？

然而，山中长俊到底被与助的固执和他的忍者热情打动了。

——山中大和守似乎默许与助单独行动。

“那你就跟着吧。”

“不胜感谢！”

“你打算跟到哪里？”

“这场仗打完之前，我想和内匠大人一同跟随轿子……”

“哦？”

“望您恩准……”

“罢了，就听你的吧。”

内匠长俊谎称猫田与助是手下人，将他引荐给护卫骑兵队，让他全副武装。

当七十余名开路骑兵抵达长良川舟桥前方之际，雾几乎都被风吹散了，河面却兀自布满雾霭。队伍沿舟桥两侧的河面陆续渡河，充当信号的螺号声在家康轿子周围响起。

他们西南四里便是西军的大垣城，再向西一里则是赤坂的东军大营。大军渡过长良川之后，将从左侧眺望着大垣城，绕到赤坂。

从大垣城虽可了解东军的动向，却无法把握全貌。而且，大垣城不是那种山上的城郭，这恐怕也是不利于西军之处。

虽便于大军进出，却无法放眼远眺。

这时，前一夜在柏原宿营的小早川秀秋的大部队开始行动了。他们渡过今须川，向松尾山攀行。

松尾山海拔约三百米，跟大谷吉继的营帐隔黑血川相望。登上此山之顶，前可俯瞰大谷、平冢部队，右则可以一览关原盆地。

小早川部队毕竟是西军的盟军，布阵松尾山无疑顺理成章。问题是，他跟南宫山的那些部队如出一辙，登上了山顶。

这似乎让人觉得他对这一带摸不清楚。

小早川秀秋去松尾山布阵之后，便将此事告知了大谷吉继。

"我明白了，希望您早日将这一消息报告大垣。"

吉继对小早川秀秋的使者十分周到。

然而，他似乎觉得小早川不大靠得住，所以又亲自向大垣城的石田三成报告了小早川秀秋去松尾山布阵一事。

使者横穿关原、奔赴大垣城时，那被群山包围的方圆一里的小盆地——关原——尚被浓雾笼罩。

小早川秀秋果然没将布阵松尾山一事报知大垣。因之，倘若没有大谷吉继的消息，西军统帅石田三成恐怕都弄不清盟军方位。

话说回来，面向着关原的松尾山山麓上，目前驻有胁坂安治、朽木元纲、小川祐忠、赤座直保四支西军部队。

胁坂安治是丰臣秀吉的家臣，年轻时跟加藤清正、福岛正则等人并驾齐驱，威名远扬，在朝鲜战役中更是战功赫赫，现任淡路洲本城的城主，封地三万三千石。

他带来了近千人的部队。

胁坂安治是大谷吉继的老朋友。见他来了，吉继甚至对家臣汤浅五助说道："看到中务少辅大人，一切就都好说了。"

大谷吉继派重臣三浦喜太郎随平冢为广去了胁坂营地，让胁坂留意小早川秀秋的动向。胁坂安治早就有些怀疑小早川秀秋，闻言自是欣然允诺。

大谷吉继决定将山中村的营地再向上挪到藤川台高地。那里比山中村更适合东瞰关原，而且更方便监视松尾山的情况。

关原雾散时，吉继再次乘轿去松尾山求见小早川秀秋。

"秀秋大人自幼便受太阁殿下深恩，来此布阵自是理所当然。希望您不要再有疑虑！"

这次又是由小早川家的老臣平冈赖胜与稻叶正成代言，但他们说得很干脆。现在也唯有相信此话了。

大谷吉继下了松尾山，返回藤川台新营地时，回头对汤浅五助说道："我们总算做完了要为治部大人做的事情。"

吉继的脸藏在头巾里，看不见表情如何，但五助感觉他与昨日之前的沉痛语气截然不同，声音轻松愉快。

住在关原的人们得知西军诸部队要在此安营扎寨，数日前便收拾好细软家什，纷纷逃难去了。

如今，大谷吉继也不晓得决战战场会在何处。以打仗的常规来说，应该会以德川家康攻打大垣而拉开帷幕。

大垣城不是山城，城郭亦不太坚固。

所以，东西两军将会于美浓的平原地区展开激战吧？

第拾壹话

半空中的阿江看得清清楚楚！她扑向家康，右手抓住口中短刀，铆足全身力量，猛刺而去……

德川家康乘轿渡过舟桥之前，开路的七十余骑中已有三十骑过了舟桥。

猫田与助所在的十二名骑兵队分为两列，他在最末尾的右侧。

与助停下马。他身后排列着军队。

骑兵前面的十名女随从徒步前行，故只能勉强看到她们的脑袋。

她们对面是一队骑兵。

从这边看去，轿子上德川家康的背影在骑兵队中若隐若现。

等三十名开路骑兵过完舟桥，剩下的四十几人才策马走了上去。

其他渡过长良川的队伍集合到对岸，开始转移。

这是三万大军的大转移。

雾几乎全部散去，天空中却覆着灰色的云，空气冷得如同冬天。

家康轿前的十骑骑兵开始过舟桥，唯独内匠山中长俊却在紧挨轿子的前方勒住了马。

螺号长鸣不止，内匠山中长俊的马开始移动。

仿佛在等待这一幕一般，家康的轿子也向着舟桥前进了。

四十艘船的间隙里打上了木桩，每根木桩处各有一名全副武装的足轻站在河里，盯着摇晃的舟桥。

舟桥建得十分牢固，四平八稳——毕竟不是几百人马齐齐上桥。

家康的轿子开始过桥，一队护卫骑兵和女随从们跟在后面。

随后相隔一段距离，包括猫田与助在内的十二名骑兵及后面的一支队伍准备渡桥。

对岸的足轻和骑兵正严阵以待，等这几名骑兵过完桥便举起旗子向这边发送信号。接到信号之后，这边等在舟桥旁边的骑兵们便会将后面的人有序地送上舟桥。

十二名骑兵正在舟桥前等信号。因此，他们与走在前面的女随从们之间闪出了空隙，与助在马上也看到了女人们的背影。

十个女人全部用白布束着头发，末尾的四人肩背小小的行李。这些行李中放的或许是德川家康的随身物品吧。

猫田与助的视线无意中扫过正准备渡桥的女随从们的背影。他蓦然一惊，手伸向腰间。

最后排右侧的女人背影吸引了与助的视线。

（是阿江？）

虽无法断言她就是阿江，但她之前的身影完全被骑兵们湮没，与助一直没有瞧见。此际偶然一看，登时觉得她形迹可疑……

他猜中了。猫田与助敏锐的直觉不愧是长年累月磨砺出来的，一看这女子形迹可疑，便觉得对方就是阿江。

与助不禁骑马偏离了队伍。旁边的骑兵讶然看着与助。这时，那女人竟然用左肩背着行李，快步向前走去！

突然，一名女随从大呼道："啊？什么人！"

话音未落，她便跌进了河里。

猫田与助一踢马腹，从舟桥右侧奔进了长良川。

他猜得没错，阿江果然出现了！

阿江会如何对付那些女随从呢？只见她将她们接二连三撞落河中，继而拔出腰间短刀，衔在口内。

"有刺客！"

"啊！"

河里的足轻们纷纷惊呼。

骑兵们似乎一时间没弄明白事态。

走在女随从们前面的护卫骑兵队列中有两匹马横着倒下，骑兵被甩进了河里。

阿江的身体如怪鸟般腾空而起。

"混账！"

与助在河中沿舟桥驱马前行，却未能如愿。

河滩上的士兵们一拥而上，举着长枪跳入水中。

舟桥剧烈晃动。

阿江从空中落下，一踩骑兵们的头盔，再次跃上半空。

猫田与助瞄准阿江，掷出数支飞镖。

其中一支掠过阿江的面颊。

与助将左手的短枪交到右手，在激流中策马前行。

舟桥上的混乱难以名状，骑兵和战马纷纷落水。

对岸的士兵们陆续扑了回来。

家康的轿子摇摇晃晃。

与助望着阿江第三次扑向轿子。

（老天保佑……）

他拼命祈祷，将手中的短枪掷向阿江。

德川家康从摇摇晃晃的轿子上回头望来，双目圆睁，眼珠子都要瞪出来了。

半空中的阿江看得清清楚楚！她扑向家康，右手抓住口中短刀，铆足全身力量，猛刺而去……

说时迟，那时快。

与助的短枪呼啸而至，刺向阿江右肩。阿江的身体登时一扭，撞上了家康轿子的柱子，继而跌落到抬轿子的足轻头上。

"啊……"

足轻登时惊呼，轿子向前一斜。

德川家康像游泳一样向前伸出双手，自轿上跌落。

与助继续驱马向前，拔出腰间长刀。

第拾贰话

横渡长良川的家康竟然遇刺，德川大军的震惊和混乱自是非同小可。

该如何形容之后的混乱状态呢?

阿江只差一点点便击中了德川家康。若不是猫田与助投来短枪刺中阿江右肩，她的身体无疑会顺利落到轿中，继而利用抱住家康后背的瞬间将短刀插进。

德川家康回头望向半空中的阿江。惊怒之下，他的双眼瞪得浑圆。那一瞬间，阿江确信她会得手!

然而，同样是那一瞬间，与助的短枪刺中了她的右肩。

身体突然被短枪刺中，致使阿江的姿势被彻底破坏，一下子落到了抬轿子的足轻头上。

短枪好像被阿江从肩上拽下来了。从舟桥上跳进长良川时，短枪就不在她肩上了。

"有刺客!"

"别让她跑了!"

士兵们和骑兵们纷纷上前，望着阿江落水后出现的水花。

这对猫田与助来说简直糟糕死了。与助翻身下马，拔出长刀喊道："我来拿刺客！大家闪开！"

不管他如何呼喊，那些骑兵根本就听不见。人喊马嘶汇成一股难以名状的回响，笼罩着河面。

"闪一闪！拜托，拜托了！"

与助愤然高呼，寻觅着阿江的身影。

然而，阿江消失了。

全副武装的将士们将舟桥团团围住，惊慌失措。

"喂！碍事……"

猫田与助恨得咬牙切齿。

然而，他不敢对德川家的将士动手。

这期间，给德川家康抬轿子的足轻们（其半数都落水了）拼着性命，齐心协力，终于过了舟桥。

家康的轿子随即被无数骑兵保护起来，从对岸的河堤向大路上转移。

（混账……）

与助在河中走来走去，搜索阿江。

没有找到。

要是被德川士兵所杀，他现在也毫无办法。

然而，阿江这等女忍者自然知道该如何趁乱逃走。

与助认为自己投掷的短枪没有给阿江造成致命伤。

"喂，闪开！闪开！"

几名走入河中的骑兵推开与助，涉水到达对岸。

（混账！混账！）

猫田与助激愤的双眼中涌起懊恼的泪水。

（混账阿江！你逃到哪里去了……逃到哪里……若交给我一人，我一定会拿住阿江……）

又有一名骑兵从与助身边走过。

"碍手碍脚的家伙！"

出于过度的兴奋，他边走边拿枪柄敲打与助的头盔。

与助忍无可忍了。

他远远跟着那名骑兵渡河，装作没事的样子从他身边赶了过去。就在一刹那间，他猛然回过头来，将一枚暗器掷向骑兵脸上。

因为正处于极度的混乱之中，而且隔着一段距离，所以根本无人发觉与助那敏捷的动作。

苦无——小而锐利的甲贺暗器，命中了那名骑兵的鼻梁。

"啊……"

他可受不了这个。

骑兵仰面倒下，从马上摔落河中。

他眼前的人好像以为他被刺客偷袭了。

"在这里！"

"别让她跑了！"

他们大叫道。

"嗨！"

一排士兵手持长枪靠了上来。

猫田与助早就没了影踪。

后来……

他到底是没再发现阿江的身影。

横渡长良川的家康竟然遇刺，德川大军的震惊和混乱自是非同小可。

若是在陆地上，或许能抓到逃跑的阿江。

而且猫田与助估计也不会放过阿江。

长良川的河面上笼罩着雾霭。

阿江只怕已潜入河底，趁着混乱逃了。

德川家康的轿子渡过长良川，在森严的警备下沿着木田向南行进，越过揖斐川，抵达神户村。

待到德川大军在神户整好队伍，尚需相当长的时间。

只能说是命该如此。

乌云滚滚。浅浅的阳光从乌云的间隙洒了下来。

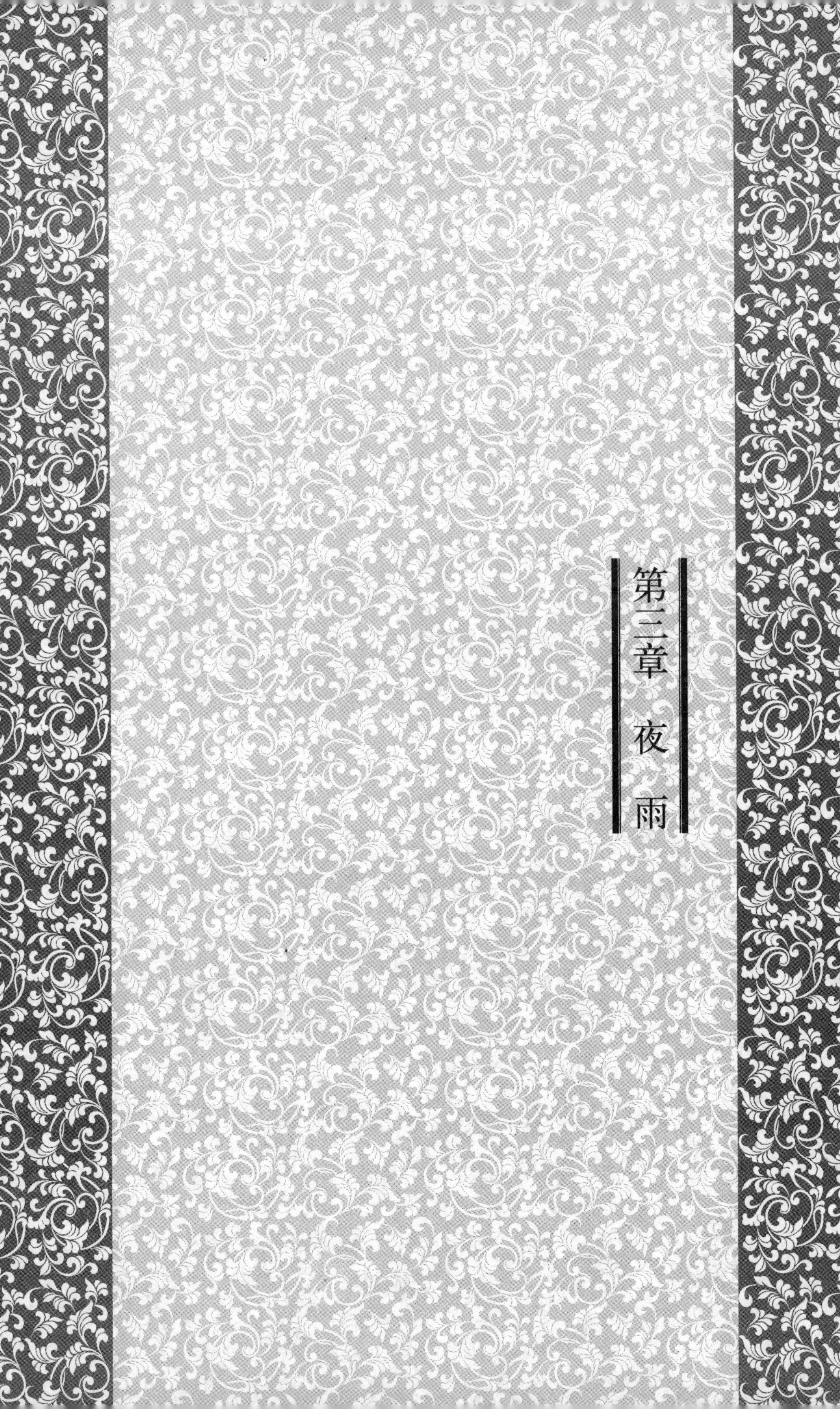

第二章　夜雨

第壹话

赤坂的东军大营收得急报，得知了德川家康被袭之事。

"没事就好……"

本多忠胜和井伊直政听说家康平安，虽然脸都白了，却是如释重负，均想着千万要避免再有类似的不祥之事。

两人向家康派出使者，说道："希望主公到木田之后稍事歇息，我们派部队去接您！"

长良川之西北半里，便是木田地区。那里有个小村。

然而，家康早就离开了木田。

就算赤坂的东军不派部队迎接，家康亦带着三万大军。大垣城内的西军要想发动进攻，无疑需要相当魄力。

倘若他们真来进攻，那就正中家康下怀。家康将会联合赤坂的东军部队，开始他最拿手的野战。

不过，小心些总归没错。

赤坂的东军向四面八方派出巡逻队，监视大垣城西军的动向。

而来到赤坂的山中俊房和伴长信则将手下忍者悉数派出，着手打探大垣城的动静。

天空蒙着厚厚的云，时不时却有浅浅的阳光洒下。因此，两军都无法隐瞒自身的动向。

德川大军正离开木田，向西奔向揖斐川。

赤坂派来的急使跟大军不期而遇。听完忠胜和直政的口信，家康立刻说道："告诉他们别惊慌！不用管我！告诉他们，最重要的是赤坂大营的防卫！快点将我的马标带去！"

"是、是……"急使猛踢马腹，返回赤坂。

大垣城内的石田三成见赤坂东军大营动静有异，不觉怀疑是家康来了，立刻让家臣水野庄次郎带人前去察看。

"遵命！"

水野和赤星左近（小西行长的家臣）、稻叶助之丞（宇喜多秀家的家臣）带着十名士兵，离开了大垣城。

他们确认了德川大军正向赤坂行进。

"千真万确。"水野等人奔回大垣，报告道，"我们认得渡边半藏的旗标。半藏是内府铁炮队的头目，所以内府绝对来了。"

石田三成立刻召集西军首脑召开军事会议，讨论要不要迎击家康，却忘了他们讨论之际，家康的大军正继续向赤坂进发。

眼下再准备出征，根本就来不及了。

德川大军横渡揖斐川到达神户村，稍事休整。

神户村和大垣城离得很近。该村再往南一里半就是大垣城。

接下来，德川大军将西去赤坂。行军之际，他们将会密切关注大垣城的动向，以免城内西军突然从侧面攻来。

所以他们才会调整队伍。

却说大军在神户稍事休息时，负责管理德川家康那些女随从的山尾元之未亡人於喜佐突然走进树荫，将短刀往左胸一插。

刚才袭击家康的是一介女子。这女子假冒女随从，在晨雾的掩护之下，神不知鬼不觉混进队伍。於喜佐走在女随从的前面，根本没察觉此事，所以她要引咎自决。

其余女随从根本想不明白那女刺客是何时何地混进来的。她们跟随德川家康的轿子离开岐阜城时，一切尚自正常。

不知何时，女刺客取代了女随从阿福。长良川东岸的河堤下，很快便搜出了阿福的尸体。

家康的队伍来到长良川岸边时，为将家康的轿子送上舟桥，将士们熙熙攘攘，骑马的武士往来穿梭，一时非常混乱。恐怕那女刺客就是利用那时将阿福拖走，悄然将她杀掉，扔进草丛，又将她的行李背到了左肩上，若无其事回到女随从的队伍……

刺客用左肩上的行李挡着脸，避免被附近的女随从看见面目。

（这女刺客跟那些随行的女人是一样打扮。如此说来，她的手法真是太精湛了！）

家康轿子前方的内匠山中长俊甚是错愕。

猫田与助的预感应验了。

（难道真被与助说中，这刺客就是真田草者？）

山中长俊一时悚然。

女忍者阿江孤身袭击了家康的轿子。

内匠长俊直到这会儿才真正晓得草者的可怕，继而推测猫田与助之所以消失，就是去追那个女忍者了。

与助跟在轿子后面监视，却没有事先发现女刺客，长俊不想就此责备与助。事实上，就算长俊本人在轿子后面，只怕都不会察觉。

"对不起！"

山中长俊到达神户，来到家康面前深深低下了头。

"没什么……"家康摇了摇头，笑道，"又不是什么稀罕事。"

家康毕竟是家康，说得满不在乎。重返阔别许久的战阵一事让年老的家康热血沸腾，满怀豪情壮志，就算是险些让他丧命的奇袭都无法使他退缩。

当他听说女随从的头目於喜佐自杀了，不觉甚是惋惜，叹道："这慌脚鸡，何苦如此慌张……"

家康说了一半，又将话咽了回去。家康很信任於喜佐，将出征过程中的日常起居全部交给这个巾帼不让须眉的中年妇人。

晌午之前，德川大军抵达了神户。期间，赤坂冈山地区的东军大营派人到山顶高高竖了七竿葵纹旗、二十竿白旗和金扇马标，表明德川家康来到赤坂。

家康虽在神户，却等同于到达了与神户仅一里之隔的赤坂。

从向南一里开外的大垣城里，能清楚看到冈山山顶迎风招展的马标与旗帜。

家康来了——敌军总大将终于抵达了一里开外的敌营。

西军根本不知道家康兀自逗留神户。

话说回来，此时的西军诸将又是怎样一番情形呢……

石田三成的重臣岛左近胜猛提议道："若盟军将士这般闻风丧胆，决战恐难取胜。不如我们出兵打上一仗，击溃他一两支部队。这样一来，盟军的斗志便会提上来了。"

第贰话

然而，若知晓了刚刚回话之人的真实身份，福原安清的脸色将会变成什么样呢？

石田三成接受了岛左近的提议。

盟军一看见德川家康便摇摆不定，估计三成正因此恼火。

岛左近率五百士兵来到大垣城外。得知此事的宇喜多秀家也将家臣明石扫部叫来，命道："去帮石田军一把！"

"遵命！"

明石扫部率八百士兵离城而去。

大垣城和赤坂之间，杭濑川流动不息。美浓、尾张平原上密布着大小河川，德川家康一度打算利用这些河川——水攻大垣城。

赤坂的东军也在杭濑川河岸设了栅栏，中村一荣与有马丰氏的两支部队作为先锋部队，在此驻营。

岛左近与明石扫部共率一千三百名士兵，一窝蜂涌向设在杭濑川东岸的栅栏附近。

"哟，扑过来了！"

对岸的东军先锋部队见状，做好了应战准备。

这时，德川家康的大军正离开神户向赤坂开进。

从神户到赤坂仅有一里。德川本军将穿过距大垣一里左右的杭濑川上游，进入赤坂。

为了进行联络，数名骑兵从本阵奔向赤坂。另外，赤坂方面也有负责联络的骑兵跑过来。

德川家康处于两三重森严的护卫中。

家康虽下达过"不必出迎"的指示，但赤坂的东军不能那样做。

东军大将浅野幸长亲率五十骑人马来迎接家康。他是受丰臣家恩泽的大名浅野长政的长子。去年，前田利家死后，大坂发生骚乱，其父长政因有暗杀德川家康的嫌疑，一度被幽禁于武州的八王子。

然而，幸长决定加盟东军。他和父亲不同，从一开始就拥护德川家康。

幸长对石田三成深恶痛绝，近乎谈之反胃。

浅野幸长分得父亲的封地，现任甲斐府中城主。

灰沉沉的云，遮住了天空。

先前，云彩尚会偶尔裂开，洒下丝丝阳光；但眼下，东西两军头顶上的云层正渐渐变大变厚，分明带着雨意。

浅野幸长带着五十人离开赤坂。

赤坂背后的金生山山脚下的茂密树林之中，此时正有一支来路不明的队伍。他们共有十五人，都骑着马。

浅野幸长率五十骑沿金生山山脚北行，在进入市桥村之前，拐进右侧的道路。便是那时，金生山树林中的十五人突然闪出，以极自然的姿态跟上了浅野一行。

浅野的骑兵们自然瞧见了他们，却又觉得他们是自己人。

适才，三万大军的先锋部队跟浅野部队擦肩而过，去了赤坂。这意味着德川家康的轿子彻底进入了安全范围。

联络的骑兵数次往返于本阵与赤坂之间。所以，这支十五人的队伍尾随浅野部队，真没什么好奇怪的。何况，这支队伍全无惊慌之态，只一味缓缓策马前行。

浅野幸长的家臣福原三五兵卫安清发现了他们。为慎重起见，他掉转马头，靠近后面的那支队伍。

"你们是哪路人马？"

最前面的骑兵微微一笑，答道："清洲侍从家的。"

"清洲侍从"指的是福岛正则。确实，十五名骑兵的铠甲背部都插着福岛家的旗标。

"知道了。"

福原安清回去将此事报知浅野幸长。幸长点了点头，没再理会。

这确实不值得大惊小怪。迄今为止，家康对东军先锋部队下达指令时每每重视福岛正则的立场，从不慢待于他。福岛正则若派出一支队伍前去迎接家康，以回报这份关怀，自是情理之中。

然而，若知晓了刚刚回话之人的真实身份，福原安清的脸色将会变成什么样呢？

这名骑兵不是别人，正是草者——奥村弥五兵卫。跟随弥五兵卫的十四名草者之中还包括伏屋太平、小竹万藏和姊山甚八。

从神户至赤坂的道路上随处都是德川将士。这些队伍扬起飞尘，在声势浩大的马蹄声与嘶鸣声中，螺号声响彻长空。

一支德川大军的先锋队早就到达了赤坂大营。

第叁话

这时，接受了岛左近命令的约二百名西军士兵渡过了杭濑川，靠近了东军大营。

其中十人竟壮着胆子来到东军中村一荣部队的栅栏旁边，挑衅般嘿嘿笑着，砍倒田里的水稻。

"混账！"

"可恨……"

中村部队受到嘲弄，怒不可遏，来到栅栏外用铁炮射击。

西军的足轻立即用铁炮还击，击中了两名来到栅栏外的中村士兵，而后便哄笑着撤了。

中村部队的士兵们不由得怒不可遏。

"追！"

"杀了他们！"

他们争先恐后地追击逃跑的西军士兵。

二百名西军士兵且战且走。

越战越勇的东军渡过杭濑川，猛烈追击。

东军的有马丰氏见状，忙命令道："别放过这个机会！去帮中村军一把！"

一时间，有马部队争先恐后涌出栅栏。他们也渡过杭濑川追击。

浅野幸长当时正率五十骑向北行进，迎向家康一行。不久，他们前方就出现了一支队伍，其正中央正是家康之轿。

"哎呀，快看！"幸长拿马鞭向前方一指，匆匆喊道，"三五兵卫！三五兵卫！"

福原三五兵卫安清立刻上前说道："在！"

"三五兵卫，快点！"

"是！"

三五兵卫一踢马腹，向对面的队伍奔去。

对面的队伍见状，停下了脚步。

福原三五兵卫上前报告主人浅野幸长前来迎接一事。

浅野幸长点头致意，跟众将士擦肩而过，缓缓靠近家康之轿。

他打算带着这五十骑给家康的队伍引路，因而要先拜见轿子上的德川家康。

那支十五人的队伍从容不迫跟着浅野一行上前。

迎面走来的士兵们看到这十五人的旗标，都相信他们是"清洲侍从"福岛正则手下的人。

草者奥村弥五兵卫左手紧握长枪，右手则执着马辔，有条不紊打马前行。

弥五兵卫的双眼隐藏在尖形头盔下面，眼里满是骇人的光。

奥村弥五兵卫尚不晓得阿江只身去长良川奇袭家康一事。

他虽听壶谷又五郎说了阿江的念头，却没有时间和理由跟阿江取得联系。同样，阿江亦不晓得草者们竟会来赤坂东军大营的附近袭击家康。

所有的联系都中断了。

话说回来，从福岛家的旗标到用来乔装的盔甲、武器，再到军马之类，草者竟然将一切准备得如此无懈可击，而且让敢死队摸进了敌营附近的后山树林。这当真让人佩服。

草者从大坂和京都伏见销声匿迹，蛰伏至今，为这次奇袭赌上全部，将准备工作做得有条不紊。

一队草者将马会集到伊吹的小屋，今日拂晓从小屋动身，在山林的浓雾中靠近了赤坂，途中时而邂逅东军士兵，但对方都把这十五名草者当成福岛家的骑马武士，丝毫未起疑心。

此时，奥村弥五兵卫的目光锁住了浅野幸长率领的五十名骑兵齐刷刷下马的一幕。

突然——

弥五兵卫回头朝十四名草者点了点头，一踢马腹，将左手的长枪换至右手。几乎同时，十四名草者和弥五兵卫一样狠狠一踢马腹。

"啊……"

浅野的骑兵们愕然惊呼。

"什么人……"

"站住！"

"是刺客！当心！"

奥村弥五兵卫从大呼着的浅野骑兵们身边跑了过去。

浅野幸长回过头来，惊骇莫名。

德川家康正从轿中下来，准备接受幸长的拜谒。

德川家的旗本们见弥五兵卫迫近眼前，端起长枪排成一排，欲挡在家康轿前。

直觉告诉弥五兵卫，成败皆在此一举！

他瞄准头戴赖政头巾、站在轿子上的家康胸口，猛然抽回右手中的长枪，拼尽全身力气，掷了过去。

长枪仿佛有了生命一般扑去。

其尖端对着德川家康的胸口，赫然插了进去。

奥村弥五兵卫确实看见家康大张着嘴，仰面倒下。

（死了都值！）

弥五兵卫欢喜得浑身战栗。

（成功了……我杀掉家康了！）

"狗贼！"

敌人向弥五兵卫右侧的田地围拢过来，自上而下向弥五兵卫刺来。弥五兵卫抓住那枪，拔出长刀。

不远处响起了爆炸声。草者将火药球扔了进来。

一切都是转瞬之间。

遍布道路和田间的德川军乱作一团。

弥五兵卫等草者浴血奋战，以求突围。

然而，德川家康此时刚好来到赤坂冈山山顶的瞭望楼上。

家康犹自活着。如此说来，被奥村弥五兵卫的长枪刺中胸膛之人，竟是家康替身……

竟然是影武者！

没错，给家康当替身的是其家臣——向坂与兵卫资宣。

他的脸倒不太像，但微胖的身材简直和家康如出一辙。他跟随家康左右，对家康的走路姿势与举手投足了如指掌。

家康本来不想用替身，但老臣正信坚持挑了三名影武者以备不时之需，向坂与兵卫正是其一。

"不必如此，我就这样去赤坂吧！"

在神户整军时，家康一度如此说道，结果却被内匠山中长俊说服，来到围着帐幔的休息地点跟向坂与兵卫换了行装。他们身材相同，家康刚好穿的上向坂与兵卫的盔甲。就这样，家康混进了前往赤坂的先锋部队，随着众骑兵策马狂奔，抵达赤坂。

德川家康虽已五十九岁高龄，却驰骋疆场直至壮年，是一名身先士卒、纵横沙场的勇将，所以并不逊色于先锋骑兵。

家康体会到久违了的活力，兴奋不已。

他随着骑兵们来到本多平八郎忠胜的军营，适逢忠胜出来巡营，家康便从骑兵队里大模大样走出，招呼道："平八郎，我来啦！"

"啊！主公……"

本多忠胜登时一呆。

"今早长良川的事情，你都听说了吧？"

"这……"

"所以，山中内匠硬是让我跟与兵卫换了服装。"家康将手中的长枪递给忠胜的随从，笑道，"这东西真沉，我确实老喽！"

他苦笑着，先忠胜一步走进营帐。

第肆话

德川家康脱去沉重的戎装，换好衣服，说道："无论如何，我们先去看看大垣城的情况吧！"

"石田军打过河来了，有点小规模冲突。"

"哦，难道是要庆祝我来了？"

"对方挺厉害的。"

家康带着忠胜走出军营。这时，有消息称一支队伍奇袭了家康的替身向坂与兵卫资宣乘坐的轿子，向坂资宣被杀。

（好险……）

忠胜素来刚强，此刻亦是大惊失色。对方这种大胆的袭击简直防不胜防，而且一天内竟有两次！颜面扫地固不用说，最重要的是敌人确实可怕，简直可怕得无法估量。

然而，家康倒很镇静，只是喃喃说道："对不住与兵卫了……"

"您早早驾到，恭喜恭喜！"

福岛正则跑来问候登山冈山顶瞭望楼的家康。

家康紧紧握住正则的手，笑道："侍从大人，幸好你料事如神，家康不胜感谢！我们得以抢占先机，全是靠了你呀！抢先拿下赤坂真是太好了……太难得了。"

当时，诸将皆聚到了家康身畔。正因家康当着诸将说了这样一番话，福岛正则才大大觉得脸上有光。

诚然，率先锋部队的福岛正则功不可没。家康对他大加赞赏，无非是期待着正则在接下来的决战战场上奋不顾身地英勇战斗。

接着，家康在瞭望楼上观望杭濑川上的战况，心情却突然急转直下。

现在，杭濑川的战斗正变得不利于东军。

东军的中村一荣部队上了西军岛左近的当，渡过杭濑川对撤退的敌人穷追不舍，一鼓作气攻打到西军的栅栏外。

岛左近正等着这个。

"时机来了！"

"打！"

埋伏在木户、一色两村的岛、宇喜多伏兵蜂拥而出，从中村部队侧面用铁炮狂扫。中村部队完全落进圈套，登时乱作一团。

暂时逃进栅栏内的岛部队见状，转头扑了上来。

原本斗志昂扬的中村部队在激战中损兵折将。跟在中村部队后面渡过杭濑川的有马氏部队看到战局不利，开始撤退。

"怎么搞的！"家康从冈山瞭望楼上看到这一幕，怒道，"大事当头，却因区区小事损兵折将，是何道理！"

家康立刻命中村、有马两部撤兵。

本多忠胜欲增派援兵。

家康紧绷着嘴角，说道："不用管他！"

在这场小规模的战斗中，西军斩杀敌军二百五十余人。

大垣城内的西军立即有了生气。虽说是场小规模的战斗，却实实在在地见证了石田和宇喜多将士的骁勇善战。

石田三成的脸上露出久违了的微笑。

这期间，德川家康的部队陆陆续续抵达赤坂大营。

家康在冈山的瞭望楼上观望大垣城的时候，便放弃了心底隐隐残存的水攻大垣的作战计划。杭濑川上那场小规模的惨败似乎激起了他的斗志。

他立即召集诸将，进行军事会议。

"在这里踯躅不前是没有用的，石田治部少辅这种人根本不是我们的对手！"

家康意气风发，他打算不搭理大垣的西军，直捣大坂。

大坂城里有拥护丰臣秀赖的西军统帅毛利辉元。

所以，大坂才是西军的老巢！

德川家康的东军理所当然要将进攻的矛头直指大坂。

随着夜幕降临，终于下起了雨。

大垣城内的西军也在召开军事会议。双方都派出了侦察兵相互哨探敌营的动静。

不消说，来到赤坂东军大营候命的甲贺忍者们都由大和守山中俊房指挥着开始行动。

"果然是草者？"

山中大和守见到了随德川部队来到赤坂的内匠山中长俊，从他听到敌人两度奇袭家康的情况，不禁如此问道。

长俊答道："我想是的。"

"这些胆大包天的家伙……"

"我们以后真是大意不得！"

大和守山中俊房凝眉不语。

长俊告诉俊房，敌人尾随东军的浅野幸长部队，假扮福岛正则的手下，袭击家康之轿，结果留下十具尸体——逃走了四五个人。

"检查尸首没有？"

"我亲自看的。"

"有没有认识的面孔？"

"没有。但是，若非真田草者，只怕弄不出那种手法。"

"喂，内匠……"

"在。"

"以后，咱们紧紧跟着家康公吧。"

"当然，别无他法了。"

继承甲贺山中氏血统的二人眼中，满溢着非同寻常的坚毅。

赤坂大营的军事会议尚未结束。诸将逐一说了意见之后，家康做出决断——当晚就要离开赤坂，冲向大坂城！

明天日落前，他要击溃布阵关原的西军，直扑大坂而去！

家康吩咐立刻准备出兵。年近六旬的家康那老迈的身体里燃烧着熊熊斗志，诸将被这种豪情鼓舞得精神大振。

雨越下越大。

赤坂的东军大营旋即在雨中活跃起来。

这次的军事会议不是秘密，而是当众召开。会议结束后，家康又喊来了山中大和守和山中长俊，跟两人进行密谈。

他们打算派出忍者，将东军今夜会从赤坂出发击溃关原西军继而奔赴大坂一事，切实传入大垣城内那些家伙的耳朵里面。

这事儿手到擒来。

山中忍者只要潜入西军阵地，扮作士兵散布流言即可。

"属下明白！"

山中大和守将此事布置给伴长信，即刻付诸行动。

这时，距赤坂东军大营仅有一里之遥的大垣城内，西军的军事会议开到了最紧张的时刻。

白天的杭濑川之胜，确实鼓舞了西军将士的斗志。

"不可放过这个时机！"

"此时当夜袭赤坂！"

岛津义弘和小西行长一致提议。

萨摩猛将岛津义弘素来讨厌被石田三成指挥，此时竟主动前来献计，足见他确实觉得机不可失。

第伍话

草者两度成功偷袭，却因原本不可能出现的偶然而徒劳无功。

笠神村外山林中的草者小屋里，身负重伤的阿江昏迷不醒，向井佐助在照顾她。

午后，阿江回到了岐阜城东北六里的这个小屋。

守候在笠神小屋里的只有佐助一人。

偷袭家康失败后还能逃到此处，只能说是奇迹。

如果没有东军将士的混乱和笼罩在长良川河面的浓雾，阿江怕是逃不脱的。她甚至记不住自己从什么地方、怎样逃出来了。连身手不凡的阿江都忘我地拼了性命，这与那时候潜入甲贺老巢、被甲贺忍者包围时如出一辙。

等回过来神时，阿江正拼命奔跑在与长良川一河之隔的岐阜城下北面的山间小路上。

猫田与助投掷的枪刺中阿江的右肩，是一处重伤。此外阿江还多处负伤。

逃跑途中，阿江撕下身上的衣服止住血，不停奔跑着。

阿江没有因为血流不止而跑不动。

所有伤口都不在要害，这一点真是万幸。

阿江根本没料到向她扔过枪来的会是猫田与助。

午后时分，阿江叩响了小屋的房门。佐助从瞭望孔中看到她，吃了一惊，打开了门。

"是佐助吗……"

阿江勉强吐出这样一句，便倒在佐助怀里，昏了过去。

无论是阿江还是佐助，事先都没被告知奥村弥五兵卫将率领一队草者在赤坂偷袭德川家康的计划。因此，他们没有察觉阿江的失败给弥五兵卫他们的偷袭带来意想不到的影响。

"有人来联络之前，不可离开笠神小屋一步！"

壶谷又五郎只是这样命令佐助。

佐助给躺在地下仓库中的阿江脱光衣服，按照真田庄草堂中的叔祖横泽与七教的那样，给她处理伤口。

小屋里备有充足的疗伤药。

（弄不好活不成了……）

佐助惴惴不安。

阿江失血甚重，直到护理完毕都昏迷不醒。

地下仓库里充斥着疗伤药的气味与血腥味儿。

护理完毕，佐助精疲力竭，脸上、身上汗水盈盈。

十六岁的佐助想象不出阿江单枪匹马进行了怎样的战斗。

不，草者们只怕都想不到阿江竟然只身偷袭了家康。

只有壶谷又五郎知道阿江的决心，但他肯定想不到那会在今天早上的长良川上演。

　　如果又五郎清楚这一点，他肯定会预测到结果，然后给奥村弥五兵卫下达指示吧？

　　阿江事先也没决定在今天早上的长良川上行动。她小心翼翼，观察掌握了即将到达岐阜的德川大军的情况，原本打算随机应变地采取行动。

　　尽管家康从岐阜动身去赤坂，但阿江根本没想到决战的时刻会如此早地迫近眼前。

　　她认为美浓平原或许会成为决战战场，壶谷又五郎也是一样。

　　然而，当阿江看到抵达岐阜的军队中的女随从们时，一瞬间想到了行动的方案。

　　毕竟，阿江不晓得壶谷又五郎会以那样的方式实施偷袭计划。正因阿江和壶谷又五郎彼此信赖，才导致了今天的差池。

　　话虽如此，仔细想来，依然不得不说无论是阿江还是弥五兵卫都几近完美地"谋杀"了家康……

　　倘若猫田与助晚发现一瞬，阿江恐怕就跃入轿中，刺杀了家康。而且，如果在神户村的家康没有被影武者向坂与兵卫替换下来，不也会被奥村弥五兵卫投掷的长枪刺穿胸膛？

　　草者两度成功偷袭，却因原本不可能出现的偶然而徒劳无功。

　　突然，阿江的呼吸变得急促。

　　"阿江大人！我是佐助，阿江……"

　　佐助拼命呼喊，阿江却依然紧闭双眼。

　　大垣城中的军事会议继续着，一直没有定论。

　　"无论如何，若不趁今夜攻打赤坂，便会坐失良机。"

岛津义弘与小西行长提议道。

"最好是我们攻东面，治部少辅大人攻南面，再让南宫山的毛利部队攻西面，以三面之势合攻赤坂的东军大营！"

义弘上了年纪，浑身颤抖，激情澎湃。

宇喜多秀家亦渐渐支持夜袭。

然而，石田三成举棋不定，不敢做出决断。

自从午后接得大谷吉继的报告以来，三成一直顾虑布阵松尾山的小早川秀秋的动向。

三成觉得西军唯有联合行动才有望取胜。

眼下，西军和盟军分守大垣城、南宫山和关原盆地，东军则将全军集结赤坂。

（分散开的盟军之中，倘若有一支竟被策反，那该如何是好？）

石田三成满脑子都盘算着这件事。而且，他觉得夜袭只怕不足以取家康性命。

这简直荒唐到家！

不确确实实打一仗的话，谁知道会不会拿下敌方大将？

第陆话

直到这时，德川秀忠的第二军犹未抵达。本多忠胜劝德川家康待第二军到了再行决战，但家康根本不屑一顾。

石田三成犹豫着，觉得夜间作战既对自己有利，也有利于敌人。

这不是明摆着的？

再这样纠缠下去，根本不可能作战。

期间，"内府今夜似乎要从赤坂去往大坂"的报告接二连三地传了进来。

"这来得正好！"

小西行长提议——若是这样，更容易夜袭了。

"我们必须夜袭！"他再次强调。

行长不希望大家再犹豫了。但是，石田三成耷拉着苍白的面庞，没有决定。看到三成这副样子，岛津义弘、小西行长和宇喜多秀家都急了。

岛津义弘率先冲石田三成翻了脸。只见他斜睨三成，简直要脱口说出"你看着办吧"这句话来。

义弘愤然离席，回到了自家营地。

（罢了，老子独自去打家康！）

岛津义弘愤愤不平，就此不再听从石田三成的指挥。

义弘本无意跟家康交锋，如前所述，他是没办法了才来西军的。

（反正家康会拿我当敌人了，所以……真是没办法啊……）

岛津义弘决意以其独特的风格独自行动。

——哪有跟着不懂战术的统帅打仗的道理？

小西行长留到了最后。

"治部大人莫非对夜袭之事有何怀疑？"

他质问石田三成。三成沉默不语。

行长有些恼火，接着说道："这不是闹着玩儿的！倘若事事怀疑，只会导致无法挽回的后果！"

三成又没说话。

小西行长出身堺的商家，后平步青云成了大名。他在朝鲜战役中饱尝了战场的辛苦，所以在抓取战机方面极为果断。

小西行长凭直觉认为，若是在大白天打野战，不可能战胜家康。所以，他认为最好夜袭赤坂，赌一把西军的命运。

石田三成最终没有做出决断，小西行长也沮丧地回到了营地。

就这样，石田三成失去了自己最倚重的行长与秀家的信任。

然而，就在小西行长离开军事会议的现场后，石田三成做出了决断——

"率全军绕道南宫山山麓，从伊势街道进关原，同待阵的盟军会合，跟前来的德川军决一死战！"

同意石田三成这作战计划的将领为数不少，但有心人则一致认为"这正中内府公下怀"或"内府公早就想把我们诱到关原了呀"……

德川家康最擅长野战。

赤坂的东军不可能发现不了西军从不远处的大垣转移到关原。

军事会议再次起了纷争。

听说此事之后，暂且回到营地的小西行长回来了。

"在关原待阵和现在夜袭没什么不同。既然这样，还是果断夜袭会有更大的希望取胜。"

他劝道，但石田三成不肯答应。一旦下定决心，三成便会变得十分顽固。

小西行长与之交厚，所以十分了解他的这个脾性。

"没办法了……"小西行长回营之后，对家臣山口又七郎如此说道，"治部大人事事都要密而不疏，这固然不错，但打仗是不一样的。战争是会让人着魔的。我们要顶着这魔性，抓住战机。岂能像摆弄公函、推敲政令那般行事！"

雨越下越大了。

雨中，东西两军紧急做上阵准备。大垣城内的西军更是宣称："不能落后于东军！"万一东军先到关原，很可能会击溃在那里待命的西军，直捣大坂。

"快点！快点！"石田三成心急如焚。

赤坂的东军依据侦察兵的报告和忍者的哨探掌握了西军的动向，开始采取行动。

直到这时，德川秀忠的第二军犹未抵达。本多忠胜劝德川家康待第二军到了再行决战，但家康根本不屑一顾。

有无第二军的三万八千兵力，战斗力可是大相径庭。虽没有确切数字，但本多忠胜觉得就兵力而言，西军目前是占着上风。

（秀忠的第二军就算再怎样磨蹭，三天内总该到了。倘若待他们来了再打，确实不晚……）

家康自然觉得有了第二军的兵力就有了底。他刚到清洲时一度打算水攻大垣城，足以表明他确实打算待第二军到了再全面开战。

然而，从清洲到岐阜，德川家康一连两次遭人奇袭，费尽周折才到达赤坂大营。他认准了这是战机，认为眼下正是时候。

家康经历了大小数十次战斗，丰富的临阵经验告诉他——

一日都不可犹豫！

"混账东西！"

家康大骂儿子秀忠的迟到，斗志却空前高涨。

（不能再等下去了！）

很快，西军主力秘密从大垣出发的消息到了。

第柒话

治部少辅石田三成从大垣城出发时，给了女婿福原长尧七千五百兵力，命他保卫大垣。

三成说不可让东军发现出兵的蛛丝马迹，故有史录称："西军避开东军耳目、封住马嘴、熄灭火把，秘密从大垣出发。"

"愚蠢！"

岛津义弘目瞪口呆。

怎么可能"避开"仅一里有余、近在咫尺的东军耳目？

这边的侦察报告中，赤坂东军的动向一览无余，所以对方肯定看得见这边的动静。

火把减至极限，又是在大雨滂沱的黑夜行军，简直像是趁夜色落荒而逃！

据记载，雨比那时下得更大了，这虽然利于秘密行军，但周围漆黑一片，西军冒着大雨在羊肠小道上走了四里有余，士兵们浑身透湿，瑟瑟发抖，苦不堪言。

相反，东军的火把装了避雨装置，连成一排，大摇大摆从赤坂出发了。

他们选择的是中山道这样的大路，自不待言，行军很是方便。

大垣城正西二里便是南宫山。南宫山东麓台地素有"冈鼻"之称，西军派长束正家、长宗我部盛信两位将领来此布阵。南宫山的北侧山脚正对着中山道的垂井地区。这里有安国寺惠琼和吉川广家的部队。而上方的山腰则由毛利秀元布阵。

德川家康的东军很快便从赤坂横穿垂井，奔向关原。

这应该就在毛利、吉川、安国寺惠琼三位将领的眼皮子底下。

长束、长宗我部、安国寺三将暂且不提，毛利、吉川二将自驻兵以来仿佛完全丧失了斗志，让人颇怀疑他们会不会应了东军的邀约，充当内应。

毛利秀元乃西军统帅毛利辉元的养子，吉川广家则是毛利辉元的表弟。

辉元要在大坂城中保护丰臣秀赖，遂派二人替自己参加决战。

吉川广家早就秘密会见了东军的黑田长政，对方提出："一旦决战，请您既不参加东军也别帮助西军，只观望形势就好。我想这绝对不坏。"

吉川广家答应了。

石田三成派老臣岛左近先行一步奔赴南宫山。

（必须再确认一下才行……）

岛左近对吉川广家及毛利秀元、安国寺、长束、长宗我部诸将提出："一旦开战，我们将从本阵发射烽火作为信号。那时便有劳诸位冲下南宫山，从背后攻打德川军了！"

吉川广家明确答道："明白。"

岛左近虽信不过吉川广家，但对方都说"明白"了，他便不能再叮嘱了。

西军从南宫山南麓经伊势街道进入关原，大约是翌日（九月十五日）的凌晨三时。

这时，雨势开始减弱。

笠神的草者小屋里，阿江苏醒过来时，已是十四日深夜。

佐助狂喜，他确信如此便无大碍了。

"阿江大人，我是佐助。"

"哦……"

"听见了？"

"这里是……笠神？"

"是的。"

"我好不容易……好不容易到了这里。"

"你最好别开口说话，我马上给你弄汤药……"

"佐助……"

"啊？"

"这小屋现在就你一人？"

"是的。"

"没有人来？"

"壶谷大人严厉吩咐过我，不可离开这小屋一步。"

阿江闭上双眼，喃喃道："没有人来……"忽又问道，"又五郎大人他们都在伊吹的小屋？"

“是的。”

“那你能否这就去一趟伊吹的小屋？”

“这……这个倒不妨事，但壶谷大人不让我离开这里……”

“不要紧，是我让你去的。”

“可是……”

“要赶紧……要立刻将我回来了这件事告诉又五郎大人。”

阿江强撑着想要下地。

佐助慌忙说道：“别起来！”

“没事……我来看守这个小屋！”阿江抓住佐助的手腕，摇晃着，“我刺杀德川家康失手了，你快去将此事告诉又五郎大人！”

“啊？”

佐助大吃一惊，他怎么也想不到阿江会单枪匹马偷袭家康。

“若不告诉他，又五郎大人的部署或许会出差错，家康说不定会使用替身……”

佐助脸色煞白，倒吸一口凉气。

“明白了吗？佐助……”

“明白！那我马上……”

“拜托了呀！”

“你让我先弄好汤药……”

佐助请求道。阿江筋疲力尽地躺倒，喜滋滋点了点头。

佐助很快煎好了汤药，喂阿江喝下。

“谢谢。我没事了。”阿江毅然说道，“把我背到上面……”

“那可不成。”

“不要紧，我死不了……”

"可是，眼下不休息一会儿……"

"待在地下仓库里可不能看门。来，把我弄到上面去！"

阿江说得不错。

无奈，佐助将阿江与铺盖挪到小屋的地炉边。

"懂吗，佐助？到现在没有任何人来这小屋联络……没准伊吹的小屋出什么意外了。所以你绝不能大意……懂吗？"

"是。"

"路上小心……好吗？"

"明白。"

"那就拜托你了！"

阿江的脸色变成了铅灰色，双眼却一点点有了光亮。

佐助咬咬牙，离开了小屋。

阿江在他走后关上屋门，叠起铺盖倚在上面，把装短刀与飞镖的皮囊置于身旁。

到了这会儿，雨势犹自没有减弱。

第捌话

随着福岛正则部队和黑田长政部队率先离开赤坂，东军的加藤嘉明、藤堂高虎等部亦从赤坂动身，走中山道开进关原。

从赤坂走一里半便是垂井。来到此地，左侧的南宫山便近在咫尺了。西军驻扎南宫山的毛利秀元、吉川广家、安国寺惠琼等人眼看着东军来到跟前，兀自一味沉默。

黑田长政信心十足，向德川家康报告道："目前看来，毛利和吉川不会违背跟我们的约定。"

但若决战开始，西军呈败北之势的话，毛利、吉川和松尾山的小早川秀秋会如何行动，就无从知晓了。

事到如今，他们仍盘算着要投靠胜利的一方，简直不可救药。

"狡猾的家伙们！石田治部少辅倒还算得上是个军人。"

家康对他们很是厌恶，但眼下要利用的正是他们的狡诈和谨慎。

对了，跟毛利、吉川同驻南宫山北麓的安国寺惠琼的情况又如何呢？

惠琼跟石田三成的交情无人不知。这次起兵，三成最倚重的就是安国寺惠琼和大谷吉继。

惠琼成功让毛利家加盟了西军，三成却安排跟毛利家深有渊源的惠琼和毛利、吉川两部同处，拜托惠琼用心"盯住"他们。

安国寺惠琼出身佛门，曾担任毛利家的外交僧。后来，他抓住织田、丰臣争夺天下的契机，顺利当上了六万石的大名。

但是，安国寺惠琼虽率有一千数百人的亲兵，却缺乏积极作战的魄力。东军的黑田长政更是对他视若无物。只要拉拢了毛利和吉川那一万八千兵力——"惠琼这贼秃定会束手就擒。"

安国寺惠琼是公认的一代高僧。他似乎早就察觉了毛利和吉川的微妙倾向。然而，吉川广家听了西军的战略部署和行动时间之后，立刻对石田三成的使者岛左近表示赞同，这便让惠琼无计可施了。

此时此刻，他唯有一心祈祷西军能从决战中胜出。

赤坂大营中的德川家康听说先锋部队抵达了垂井，而大垣的西军则从南宫山对面开进关原，随口说道："拿泡饭来！"

他缓缓吃着泡饭，同时命池田辉政、浅野幸长、山内一丰等一万三千七百余人的部队备战南宫山，接着又吩咐堀尾、中村、水野等近一万三千人的部队去对付留守大垣城的西军。

德川家康系着熏革素织的围腰，外罩披风，让侍臣拿着头盔和长枪，戴着那条赖政头巾，昂然对众人说道："放眼天下，谁人是我对手！"

决战变成了拿手的野战，这自然更让他信心百倍、斗志昂扬。

家康主力军从赤坂出发时，雨势开始减弱。

因要奔赴战场，女随从们便没有随行。

家康的主力军抵达垂井，是九月十五日（公历十月二十一日）上午三时许间。纵然是从赤坂至垂井的路上，轿子上的家康亦忙着听取各方报告，陆续给予恰当指示。

此际，天尚未明，又是雨中行军，大家唯恐敌方的忍者会再次来袭，故戒备得周密无比。家康的轿子两侧分由山中俊房和山中长俊亲自照看，而前后方则共有十二名甲贺忍者拱卫。

这时，大半西军都抵达了关原，其中就包括东军的先锋——福岛正则部队。

片刻之前，沿南宫山北侧行进的东军先锋跟从南面赶来的西军殿后部队打了一个照面，这让雨雾中的双方都是大吃一惊。

那雨雾便是如此之浓。

过了垂井一里左右，家康忽然点头说道："这里不错。"

他看中了南宫山脉西麓的高地，决定在那里驻营。这处海拔三百八十米的高地名唤"桃配山"，而今凡是从大垣市驾车自南宫山北侧去往关原的人，几乎都会看到峭壁旁注明"德川家康最初阵地"字样的标示牌。

其西侧正是关原——约一里半见方的小盆地。这关原四面环山，西北方更有伊吹山的山峰。从峡谷间通向关原的大路有三：北陆道、中山道和伊势街道。这三条大道都是经由关原，转往京都、大坂。

西军自关原的西北方向南布好阵形，呈封锁这三条街道的态势。

德川家康的东军是从中山道东面来的。

他在堪称关原入口的桃配山设了大营，由福岛、黑田、细川、加藤（嘉明）、井伊等精锐部队担当先锋，和西军对峙；藤堂、京极、本多等部队则作为机动部队，组成纵向阵形。

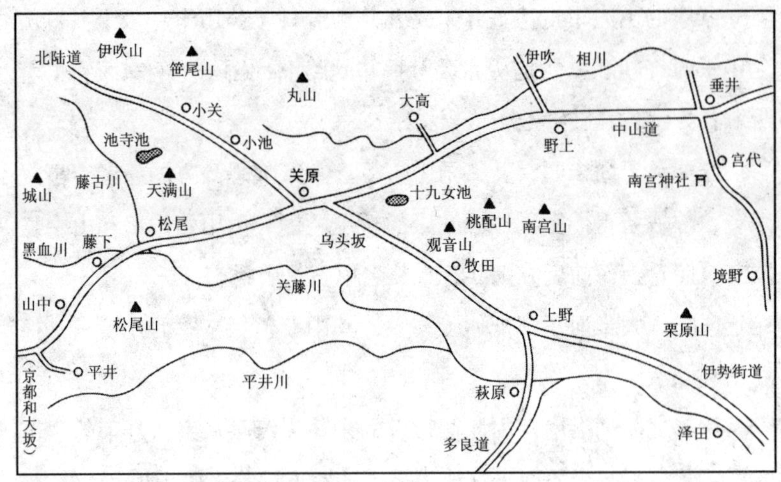

雨势减弱时，东军从赤坂出发了，他们以两列纵队沿中山道悄悄行进。

东军的将士们早就填饱了肚子。

相反，西军冒着暴雨走山路，花费了东军两倍的时间才抵达关原，士兵们不仅冻得瑟瑟发抖，而且仓促得无暇吃饭，只好就这样狼狈迎敌。

关原被乳白色的雾霭笼罩着。

雨犹自未停。

除去南宫山的西军部队，关原战场上的两军兵力分别是——东军七万五千余人，西军近六万人。然而，西军那六万人中包括松尾山上"举棋不定"的小早川秀秋的一万五千余人。

西军的传令兵奔走雾中，侦察兵则纷纷前往东边。

石田三成的本阵选中了伊吹山山麓的高地——人称"笹尾山"。

其前方是三成家老岛左近的部队。

本阵以西一町的洼地上，是九州猛将岛津义弘的营地。紧挨着义弘的，是小西行长和宇喜多秀家这两支强援。再向西则是大谷吉继的营地，负责扼守中山道。

松尾山的小早川秀秋等部队呈俯瞰上述部队之势。

这便是西军的阵形——自北向南呈一弓形，对可能冲至关原中部的东军来说，不啻是包围态势。

单就阵形而言，这的确不赖。

第玖话

"我又五郎接下来将执行最后一项任务，虽然人手不多，但我会破釜沉舟，大干一番！"

垂井的德川家康准备进军之际，有一个人来到了关原西方（藤川台）的大谷吉继营地，自称真田家臣壶谷又五郎，求见刑部少辅大谷吉继。

此人确实是壶谷又五郎。

拂晓时分，夜色尚浓，雨犹自下个不停。又五郎身穿类似细筒裤的黑色窄筒裙裤，短袖和服上佩戴着双刀，头戴薄漆斗笠。

大谷部队的巡逻兵被突然从暗中现身的又五郎吓了一跳，但对方自称是真田家的家臣，不可置之不理。

虽说这汉子形迹可疑，毕竟是只身一人。士兵们遂让他先在原地等候，将他的意思禀报了大谷吉继。

吉继瞪大眼睛，讶道："又五郎来了？快让他进来……"

丰臣秀吉死后，壶谷又五郎曾数次携带真田幸村的密信等物三更半夜造访大坂备前岛的大谷吉继府邸。

在侍臣的带领下，又五郎来到了吉继的临时小屋。

大谷吉继一见到又五郎，立刻问道："你不是回上田了？"

"是的。"

"来，进来吧，来点热粥如何？"

"属下惶恐。"

吉继刚吃完粥，填饱了肚子。

"到开战还有时间吧？"

"不，没多少时间了。"

"哦？"

"估计家康很快就会打进关原了。"

"嗯……"

吉继尚未得到石田三成本阵的任何指令，无怪乎忐忑不安。

只听又五郎突然说道："我们去刺杀内府了。"

"什么？"

"想不到轿子上坐的内府竟然是影武者。"

"你们竟然做了那种……"吉继再度瞪大双眼，他双目病得几近失明，"什么时候的事？"

"昨天。内府大军离开岐阜到达赤坂之前，奥村弥五兵卫率十余人袭击了他。"

又五郎讲述了袭击的情形，大谷吉继和从旁侍立的家臣汤浅五助都甚是惊叹，许久说不出话来。

"我们的人大都死了。"

"弥五兵卫也……"

"不，他幸运回到了小屋，却身负重伤，暂时动弹不得。"

"这……"吉继真没想到真田草者会做出如此大胆之举。

“刑部少辅大人，德川秀忠率领的第二军似乎赶不上了，怕是在上田被老大人和左卫门佐大人狠狠揍了一顿。”

吉继和五助唯有点头，一时感慨万分。

（倘使西军诸将都抱着真田家这种信念和斗志来行动……）

“刑部少辅大人……”

“嗯？”

“我又五郎接下来将执行最后一项任务，虽然人手不多，但我会破釜沉舟，大干一番！”

“那就看你的了，又五郎……”

又五郎将怎样行动？这是吉继和五助所无法想象的。但是，对大谷吉继来说，和成百上千的盟军相比，壶谷又五郎刚才这句话更让他信心大增。

这时，粥被送了上来。

“别客气，快点吃吧！”

“真不敢当。”

又五郎道了谢，端起粥碗。

大谷吉继在围腰上面披了一件白底上印着许多黑蝴蝶翩然起舞的武士礼服，白绢头巾耷拉到下颌以下。

他的病情急剧恶化，如今连声音都嘶哑了。头巾之外，只露出吉继混浊的双眼和部分鼻梁。

“又五郎，你如何看待松尾山的小早川？”

又五郎吃完粥，伏地行礼，使劲摇了摇头。吉继用那视力模糊的双眼，看懂了他的意思。

又五郎忽道：“我会派人回上田，要如何对左卫门佐大人……”

这回，大谷吉继对话说了一半的又五郎摇了摇头。事已至此，他没有要捎给女婿幸村的话了。这场仗，无论胜负，吉继都会死去——他的病就是恶化到了这种地步。

而且，之前他已将所有的话都对幸村推心置腹地说过了。

"那我告辞了。"

"这就要走了？真是不胜感激……这个时候见到了又五郎，听到了这样一番话，我吉继忽然间就有了豪情啊！"

壶谷又五郎行过礼，随着汤浅五助走出小屋。他打算和数名草者一起潜伏在关原的某个地方，待到战斗如火如荼之际，便以"战忍"之姿投身旋涡，一举取了家康性命。

大谷吉继战栗了，忍不住暗暗赞叹此人真是厉害。

又五郎尚不知阿江孤身去长良川袭击家康之事。

若大谷吉继得知此事，一定会更加惊讶、感动。

雨终于停了，西军诸部队在浓雾中挖好壕沟，架上两重竹篱，打上参差不齐的木桩，马不停蹄地奔走，准备着各自营地的防守。

壶谷又五郎看着这番景象，神不知鬼不觉离开了关原。

（为何要架设两重竹篱，再打参差不齐的木桩？）

又五郎觉得十分不可思议。

难道西军打算坚守阵地？但是，这不该是防守战吧？他们只有一条活路，那便是抱成一团突击东军。

他们只能进攻！

反观东军，既不设竹篱亦不打木桩，而是尽可能向关原推进。

而且，又五郎觉得这种特意从大垣走山路来关原迎战东军的战术，真是难以理喻……

第拾话

十四日深夜，向井佐助离开了笠神的草者小屋，去往伊吹小屋。

单独留下身负重伤的阿江一事让佐助很是焦虑，所以他想尽早返回笠神。

正因为是在这个节骨眼上，又是这么个情形下，阿江才叮嘱佐助路上万万不可大意。

（那又如何？手到擒来！）

十六岁的佐助顶着暴雨，朝伊吹的小屋一路狂奔。

哪怕是抄山路，笠神的草者小屋距伊吹小屋都有十里之遥，一时半会儿根本赶不回来。

不过，佐助在半路上遇见了五濑之太郎次。

"这不是佐助吗？"

在距岐阜城下三里的地方，佐助从台地走到鸟羽川河岸时，涉水过河的太郎次一眼看见了他。在这漆黑的雨夜里，年逾七旬的太郎次竟然能发现佐助，这本领当真令人钦佩。

“啊……太郎次大人！”

“没看见我过河来了？”

“嗯……”

佐助低下了头——他的脑子里被阿江的事情填得满满的。

“这样子就当不了草者了哟。”

五濑之太郎次的话音不觉严厉起来。

“对不起。”

“壶谷大人不是吩咐你别离开笠神小屋？”

“可是，阿江……”

“什么？阿江在笠神？”

“她负了重伤……”

“你说什么？”

于是，佐助将阿江只身袭击家康轿子一事告诉了他。

“哦……”太郎次瞠目结舌，半天说不出话来，须臾才喃喃说道：
“怪不得成了影武者……”

“影武者？”

“嗯……罢了，罢了，没办法啊。”

“太郎次大人要去哪里？”

“去笠神。”

“咦？”

“不过，在这里遇上了你，再好不过。你赶紧回笠神照顾阿江吧。”

“那太郎次大人呢？”

“我回伊吹小屋。”

“我该如何对阿江说呢？”

“是啊……”

五濑之太郎次说了一半便沉默不语。

阿江从侧面看去，只觉得他的脸上正是愁云密布。

“太郎次大人……”

“喂，等等！虽不能由我擅自决定……但是，不管怎样，你和阿江不可离开笠神小屋！”

“是因为伊吹小屋里的全体成员吗？”

“正是这事儿。”

“是不是有变故了？”

“恐怕是。所有的事都真相大白了，你告诉阿江吧。”

“是。”

“今天，奥村弥五兵卫率领十四个人袭击了德川家康去赤坂途中的轿子……”

“啊？”

“事情搞砸了。”

“你说的影武者……就是那个时候？”

“嗯。不过，不用告诉阿江这么多了，不能让阿江烦恼了。她一难过，还不知会做出什么事儿呢。所以，你就把这事儿装心里吧。”

“啊……”

“弥五兵卫受了重伤，好不容易才回到伊吹小屋。包括小竹万藏在内，好像死了十个人呢。”

佐助怔住了。

“这事儿也别对阿江说。那……怎么说才好呢……”

太郎次蹲在河滩上，抱着白发苍苍的脑袋，开始沉思。

"总之，战争明早就会在关原一带打响。你就说壶谷又五郎大人那时将带着剩下的草者……不，不能说剩下的……就说他会带领全部草者化身战忍，奇袭家康本阵……对，就这样告诉阿江吧！"

佐助因情绪激动而战栗，问道："太郎次大人也会去当战忍？"

"怎么会呢……我这样的老朽还能做什么？只能给壶谷大人添乱罢了。"

"我也想去当战忍！"

"胡说！可别由着性子胡来呀！咱们都肩负着重任呢。我们要像这样负责联络，又要帮阿江和弥五兵卫疗伤……佐助！"太郎次伸出两只枯瘦的胳膊，抓住佐助的肩膀，"阿江还能走动吗？"

"让她走，只怕会送命的……"

"是吗？是吗……"

"太郎次大人去笠神小屋有什么事？"

"壶谷大人临出门时，吩咐让你先回伊吹小屋。"

"临出门时……这么说，他离开小屋了？"

"恐怕是要准备明天的事情吧……"

太郎次说，伊吹小屋里只剩下奥村弥五兵卫、伏屋太平、姊山甚八和另外两名草者了。他们五个都负了伤，只有伏屋太平伤得较轻，和太郎次一起留在小屋里护理重伤员。

万幸，伊吹的草者小屋眼下尚未被东军发现。

但是，五濑之太郎次说，伤员一旦能走，必须马上转移到笠神。

不消说，笠神的小屋要安全多了。

"你我留下来的任务有多重，这回明白了吧？"

"是。"

“你年轻，往后用处大着呢。”

“我明白了，太郎次大人。”

“我们近日也必须搬离伊吹小屋，你要有思想准备。”

“是。”

“好了，走吧，回笠神小屋吧。别离开阿江哟！”

“那边只靠太郎次大人和太平大人二人……能行吗？”

“本来是希望你去帮忙的，但眼下就没办法了——阿江就拜托你啦！”

说罢，五濑之太郎次转身踏进了水流湍急的鸟羽川。此时此刻，他跟在下久我忍宿时判若两人，只让人觉得英姿勃发、精神抖擞。

“佐助，赶紧走吧！”

河流中传来太郎次的声音。

佐助匆匆转身，赶往笠神小屋。他走向小屋地下仓库迫近山林深处的秘密逃生地道的出口，进了小屋。

只见阿江发起了高烧，昏倒在地炉旁边。

“啊！”佐助跑向阿江，“阿江！喂！阿江，振作一点！”

（这……这可不妙……）

佐助绝望地抱紧阿江。

阿江的脸色犹如死人。

这时，伊吹小屋里的草者姊山甚八魂归九泉。

他负了七处伤，背部的枪伤尤其致命，就这样结束了四十六岁的一生。

此时，五濑之太郎次尚未回到伊吹的小屋。

第拾壹话

九月十五日的早晨到了。

关原小盆地被浓雾笼罩，乳白色的雾帘宛如暗夜，将东西两军重重包裹。

雨几乎停了。

然而，连双方的阵形都弄不清楚。

这样子不能开战。若贸然行动，只怕会导致自己的军队乱作一团。

"不能给草者可乘之机。"

大和守山中俊房将手下忍者重重布置在桃配山本阵周围。

"很好！"家康听说东军阵形井然，笑道，"保持本阵和各部队间的联系！"

家康本阵周围被大约一万五千人的大军保卫着。

"派藤兵卫去这里吧……"家康安排道。

奥平藤兵卫贞治是家康的旗本，深得家康信任。家康决定将他派去松尾山小早川秀秋的军营。

小早川秀秋和东军搭上了线，但不知道随着战况的变化，他会不会改变主意。

黑田长政向松尾山派了家臣，监视小早川的部队，但家康仍觉得放心不下。

他们约定，战斗一打响，小早川部队便冲下松尾山，攻打山麓上的大谷吉继部队。

"中纳言（秀秋）要是不当内应，就杀了他！"

家康甚至对奥平贞治如此下令。

换言之，家康让他铁下心来进行监视。

奥平贞治带着十名侍从离开大营，决定趁着浓雾未散，靠近松尾山。所以，他必须横穿西军昨夜从大垣进关原时所走的伊势街道，沿平井川到达松尾山南，然后上山。

两名山中忍者担任奥平贞治的向导。

当时大概是十五日早上六点左右，雾依然没有消散的迹象。

关原盆地的天气变幻莫测——有些时候，大垣和赤坂犹自洒满着冬日的暖阳，这山谷中的盆地却竟然雪花纷飞。

在这缭绕的雾中，先锋部队黑田、细川、加藤、松平、井伊、藤堂、福岛等一字排开，最右侧的黑田长政与最左侧的福岛正则部队边派出侦察兵边小心翼翼、步步为营地前进。

黑田长政离石田三成的本阵最近。福岛正则在左侧的松尾山山麓，与西军的宇喜多秀家部队正面相向。但由于被浓雾隔开，双方均不知道这种情况。

虽然都不知道，但后到关原的东军毕竟是利用浓雾逼近了西军。

早晨七点许间，有微风。

（雾很快就要散了，趁现在……）

黑田长政感觉着那风，寻思着。

他的部队开始悄悄靠近石田三成的笹尾山本阵。

怎么看都是东军进攻、西军防守的阵势。西军的所有阵地都挖了壕沟、围上栅栏，士兵们在里面默默等候着东军攻来。

他们要把东军引到家门口再打。

东军后方的南宫山和侧腹的松尾山上的盟军会一齐下山攻打东军……难道说，石田三成到了这时仍对这种战术抱有希望？

和敌军背后南宫山上的盟军中断联系，纯属"迫不得已"之事。石田三成安营扎寨之后，曾几次派使者去松尾山的小早川秀秋那里，叮嘱他不可坐失良机。

小早川的老臣平冈赖胜的回答一如既往："明白！"

事到如今，石田三成唯有相信他了。

这时，从关原向西二十里处的近江大津城迫于西军的进攻，开城投降。

城主京极高次投降剃发，主动去了高野山的空门。

"防守得不错！"

后来，德川家康对高次的坚守予以了高度赞赏。

攻打大津城的是西军猛将——立花宗茂。

如果大津城在三日前陷落，这支勇猛的立花部队恐怕就会跟关原的西军会合。

和立花部队一起攻打大津的是毛利元康、片桐且元、松浦久信等部队，他们基本都是受大坂城的西军统帅毛利辉元之命出征，兵力合计一万五千人。

这一万五千人自不能跟松尾山的小早川那一万五千余人同日而语。若到了关原，他们必会悍然攻向东军，哪知却被大津城一直拖住，无怪乎家康要表扬京极高次。

八点前后，浓雾渐渐淡去。

桃配山的家康大本营中，突然有了激烈的枪响。

——福岛、井伊两支部队开始攻打宇喜多秀家的阵地了！

宣布开战的螺号声登时在雾霭犹存的四面八方齐齐响起。

这时，吹过桃配山的清风彻底将雾驱散。

家康的主力大军如幻影般显现出来。二十余面白色长旗迎风招展，里面簇拥着金印大马标——金灿灿的巨扇，上绘红日一轮，中间用银线隔成两半。

这不啻是要宣告"家康在此"！

"冲啊！"

包围了笹尾山山麓的黑田长政亲自持着长枪，冲向西军本阵。

黑田的铁炮队一齐开火，渐渐消散的雾气中呐喊四起。

"嗨！嗨！"

"嗷！"

石田三成的阁老岛左近率兵从栅栏中冲了出来，勇猛地挥舞着长枪，扑向黑田大军。

一瞬间，四处响起了战斗的厮杀声。

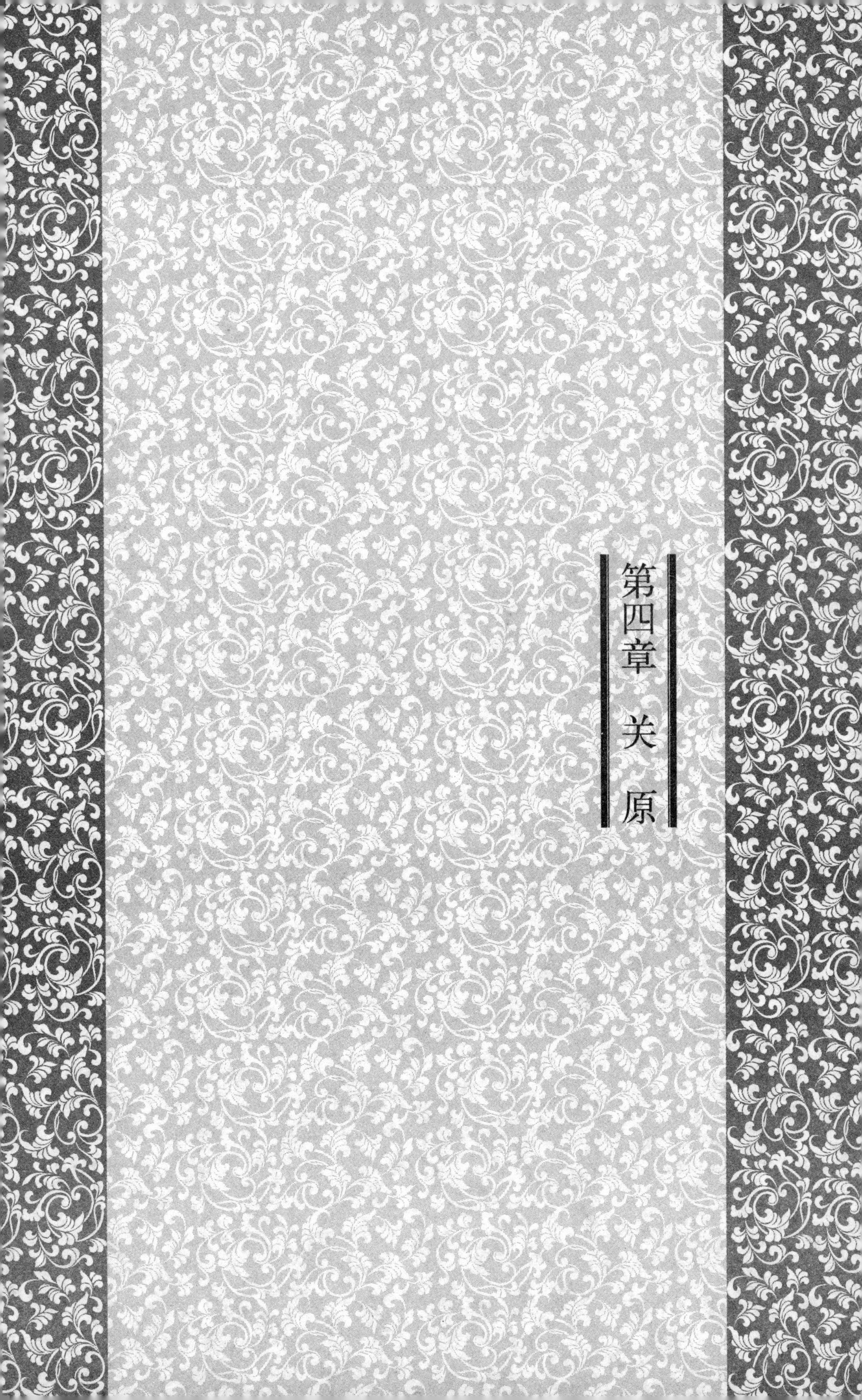

第四章 关原

第壹话

石田三成的大营之前，布有岛左近和蒲生乡舍这两支部队。

迎击黑田部队的岛、蒲生两部俱是骁勇善战、锐不可当之旅，黑田部队很快便开始败退。

然而，黑田长政的铁炮队之前便迂回山腰林间，此刻恰好从岛、蒲生两部的侧面悄悄冒出，朝着他们一齐开火。

尚未开战，黑田长政就跟丹后守竹中重门商议，打算派铁炮队摸到西军大营的右侧突然开火。

说到竹中重门，不可不提一下他的父亲——竹中半兵卫重治。丰臣秀吉尚是织田信长的家臣之时，竹中半兵卫重治便协助秀吉大显身手，名震四方，至今犹有余威。

半兵卫本是前岐阜城主斋藤龙兴的家臣，后来对主家失望，才当了秀吉的参谋。他病逝时，秀吉惋惜得痛哭流涕，甚至说道："这不啻断我一臂……"

丹后守竹中重门正是竹中半兵卫唯一的儿子。

秀吉和家康对垒小牧山时，幼名"吉助"的竹中重门年仅十二，却以秀吉侍童身份随军出阵，深得秀吉宠爱。秀吉归西时，特意将遗物助光刀赐了给他。

竹中重门的封地是六千石。战争之初，他曾驰援尾张的犬山城，算是西军一员。但是，随着岐阜城突然陷落，他不觉有些动摇。

东军的黑田长政适时劝道："您没有错。但是，希望您以后支持我们。"结果他就听从黑田长政的劝告，降了东军。

因之，二十八岁的竹中重门无论如何都要立下战功。

关原一带是竹中重门的封地，他对地形了如指掌。德川家康抵达赤坂大营之后，重门曾随着黑田长政来到家康面前，回答家康的种种询问。

见黑田长政来探讨那个战术，重门立刻答道："可以。"

他带着四十亲兵来到黑田长政的营地，带着长政的铁炮队踏进浓雾，从笹尾山东面上山，绕山腰来到岛和蒲生部队的侧面。

雾渐渐散去。

一番近距离射击之后，西军的战马和士兵皆被轻易击倒。铁炮的数量不多，却得了双倍于数量的效果。

岛、蒲生的部队登时乱了。

笹尾山上，写着"大吉"、"大一"、"大万"字样的石田三成旗标迎风招展，被杀至眼前的黑田部队看得清清楚楚。

"是时候了！"

黑田长政骁勇善战，挥舞着长枪一马当先。

见状，石田三成不断派出救援部队，同时又派人奔向岛津义弘的部队，希望义弘立刻出战。

岛津部队的一千六百人就布阵笹尾山的南麓，正对着北陆道。

密林的前方正是老英雄岛津义弘和侄子丰久的营帐。然而，任凭石田三成如何请求，他们坚持按兵不动。

大垣那件事以后，岛津义弘似乎就不再理会石田三成了。

"你爱打就去打吧！"

义弘简直想如此回答三成。然而，他毕竟没有背叛西军。

"做好准备，先别行动！"

岛津义弘就这样按兵不动，观望着激烈的战场。这位老英雄早就暗自有了主意。他不会为那个不招待见的石田三成拼命，但既然加盟了西军，再叛变总归令人不齿。

他到底打的是什么主意呢？

岛津义弘统辖着九州的萨摩、大隅两国和日向国的部分地区，总地盘高达六十九万石。他打算采取行动以"保全面子"……

我们很快便会知晓，六十六岁的岛津义弘在关原战场上的行动完全是孤军奋战。他那贤明的决策和果敢的行动，给战后的岛津家带来了重大的正面影响。

石田三成本阵的防守果然坚固——莫如说，三成身周诸将有着非比寻常的斗志。

失去岛津义弘等盟友信任的石田三成亲率六千将士为主君而战，为主君舍生取义。

这些将士许是深深感念三成昔日之恩，人人义无反顾。对家臣和百姓来说，石田三成确是"不可再得"之人。

岛左近的左肩中弹，却依然顽强战斗，激励士兵们进行抵抗。

德川家康从桃配山的大营中望见了这一幕，遂命聚集后方的本多忠胜部队向右挪动，以防止西军主力击溃本部大军。

紧随黑田之后，细川、加藤（嘉明）、田中等部队纷纷攻向石田本阵。

雾几乎散尽，阳光却没照下来。天空中布满了灰蒙蒙的云。

石田三成顶不住了，再次派家臣八十岛助左卫门前往岛津营地。

"请马上出战！"

八十岛对在前面布好阵的岛津丰久请求道。

如果现在岛津部队肯出战的话，石田三成说不定能"抓住战机"，率领全军直捣家康大营。

但岛津丰久的回答依然是："知道了。"

"我想见见兵库头大人。"

八十岛助左卫门只得如此说道。他希望直接恳求岛津义弘。

"不用，没那个必要。"

岛津丰久说伯父义弘将所有事都交给了他，以安心防守阵地前方，所以一切事情都由他裁度。

"既然如此，为何不出兵啊？"

八十岛忘了使者的身份，挥着拳头质问道。

"请你转告本阵的治部少辅大人——"岛津丰久凛然说道，"就说岛津部队绝不会临阵要花招的，你听到没？"

"您说什么？"

"该出手时，我自会出手！你这样转告即可。"

简直令人无奈。

八十岛助左卫门双眼噙满了急怒之泪。

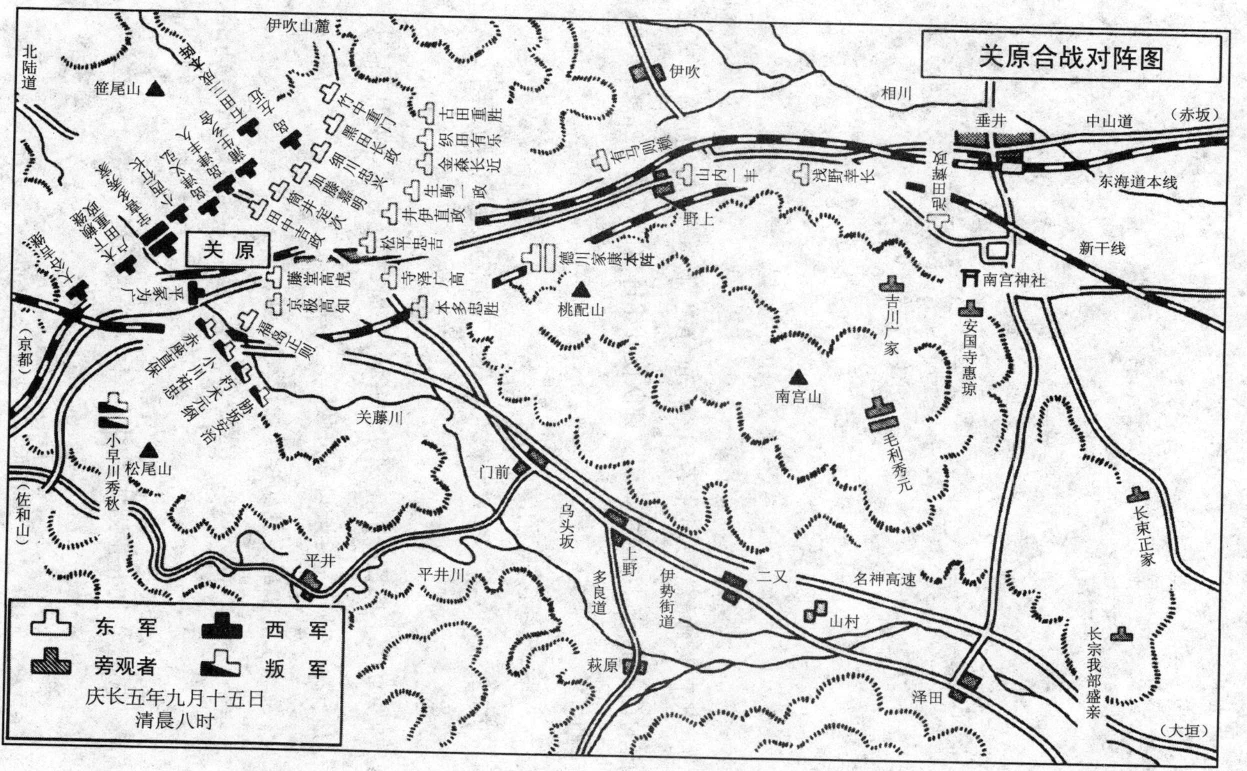

关原合战对阵图
北陆道
伊吹山麓
伊吹
相川
中山道
（赤坂）
笹尾山
垂井
东海道本线
新干线
南宫神社
安国寺惠琼
吉川广家
毛利秀元
南宫山
桃配山
德川家康本阵
寺泽广高
本多忠胜
藤堂高虎
京极高知
福岛正则
赤座直保
小川祐忠
朽木元纲
关原
松平忠吉
井伊直政
生驹一正
金森长近
森长可
织田有乐
古田重胜
黑田长政
细川忠兴
加藤嘉明
筒井定次
田中吉政
竹中重门
浅野幸长
山内一丰
野上
有马则赖
长束正家
长宗我部盛亲
泽田
萩原
上野
二又
山村
名神高速
伊势街道
多良道
乌头坂
门前
平井川
关藤川
平井
松尾山
小早川秀秋
（佐和山）
（京都）
（大垣）
东军
西军
旁观者
叛军
庆长五年九月十五日
清晨八时
191

第贰话

　　黑田长政的部队突击石田本阵前锋之前，作为东军先锋横冲敌阵的福岛正则、井伊直政两支部队便开始进攻西军的宇喜多部队和小西部队了。

　　那时，晨雾犹未消散。

　　薄雾对面，宇喜多秀家将部队分成五排，逼近了福岛正则部队。

　　"上！上啊！"

　　见状，手握长枪的正则立刻开始调动长枪足轻队。看那架势，他是打算一马当先，亲自杀进敌阵。

　　战场上的福岛正则如神龙般勇猛难当。

　　德川家康是何等畏惧这位武将，各位读者只消看看前文，相信自会明白。

　　据说，为防止正则加盟西军，家康简直是费尽了苦心。在打着上杉景胜的旗号东下时，家康便将福岛正则请至大坂，巧妙提出"一切都是为了丰臣家"，硬让他担任攻打会津的先锋。

随着正则的允诺，德川家康落实了这个计谋的第一阶段。

如今，正在冲向宇喜多部队的福岛正则脑子里只有一件事：向丰臣家的祸根石田治部少辅开战！

"呀！嗨！"

"呀！嗨！"

"嗨！"

和着呐喊声，福岛正则的长枪足轻队勇猛地向前推进。

"不要后退！"

宇喜多的长枪足轻队也齐刷刷地端着长枪从雾中走出。

长枪对长枪，交互撞击，拼搏厮杀。

照这打法，福岛部队无论跟什么敌人对垒，都不会输。

被风吹散的雾气中，宇喜多部队显然正被步步进逼，节节败退。

这时，螺号的信号声不失时机地响起，始终抱成一团作战的福岛正则的长枪队"唰"地分成左右两列。

转眼间，铁炮队从后面冲了出来，向着宇喜多部队一齐开火。

宇喜多方面并非没有铁炮队，只是战斗一开始便类似于被动应战，无法有效将之利用。

福岛部队分成两拨，轮流射击，宇喜多部队登时方寸大乱。

"上！"

见状，福岛正则一踢马腹，向前冲去。

主人的昂扬斗志怎能不使部下们士气大涨！福岛部队如利锥般长驱直入，敌军的阵形开始崩溃。

正则夹住马腹的双腿与踩住马镫的双脚灵活自如地控制着心爱的坐骑，纵横疆场，挥枪杀敌。

他用长枪直刺敌人，嵌了铁链的长枪呼呼生风，将敌人挑下马来。

紧随福岛军之后，藤堂高虎的部队向藤川台的大谷吉继阵地进发。

随着雾气渐渐消散，宇喜多方面也开始有的放矢地拼命反击。

福岛军开始被逼退。

井伊、寺泽两支部队则攻向宇喜多部队右侧那阵形井然的小西行长部队。

关原并非广袤的平原。在这一里见方的小盆地的半边战场上，数万大军在作战，所以自然会演变成木桶中洗山芋一般的混战吧？

起伏不平的盆地中，树林、村庄、田地里满是两军旗帜，与战马的嘶鸣、战斗的声浪搅在一起，震撼着关原。

"不要后退！不要后退！"

福岛正则浑身染满敌人的血。他扔掉折断的枪，抓起手下递上来的第二支枪，呵斥着士兵顶住攻上前来的宇喜多军。

战斗在上午八点至十一点之间的约三小时内臻至顶峰。

然而，对殊死厮杀的两军战士来说，这三小时无疑只是弹指间事。

此际，八十岛助左卫门再度出使了岛津阵地，依旧无功而返。

听了八十岛的汇报，石田三成如坐针毡。

如今，两军的战斗已达巅峰。自己的将士奋勇厮杀，小西和宇喜多两军也寸步不让地坚守阵地。兵精将强的岛津部队如肯参加战斗，战况兴许会变得稍稍有利一些。

此时此刻，三成唯有在本阵燃起烽火——这是向南宫山与松尾山发出的信号，让他们下山攻打。

"马！备马！"

焦急的石田三成跨上战马，在二十名士兵的保护下，亲自从笹尾山的大营奔了出来。

三成眼看着自己与小西行长的士兵在左侧顶住了东军的进攻，一鼓作气跑到了岛津阵地。

"你在做什么！请马上出兵！"石田三成下马责问道。

岛津丰久怜悯地看着他，冷笑道："眼下，各部队唯一能做的就是自行其是。我们营地四面皆被敌人包围，根本动弹不得。"

"请立即出兵！"

"该出兵时我们自会出兵，我刚才应该对您的使者说过了。"

"既然这样，让我见见兵库头大人……"

三成纵身上马，掉转马头。正欲奔进林荫中的岛津义弘营地之际，忽被岛津家的士兵们持枪挡住！

三成登时面色苍白，问道："这、这算怎么回事！"

岛津丰久根本不理睬他。三十一岁的岛津丰久脸上写满了抵达阵地以来，伯父兵库头义弘遭三成藐视的愤怒。

倘若三成此刻能再度下马，低下头诚心诚意、老老实实恳求的话，情况又将如何？

然而，三成毕竟是做不到呀。

石田三成面色苍白，羞愤难当，两手空空返回了笹尾山本阵。

阳光拨开灰蒙蒙的云彩，洒了下来。

没时间犹豫了——

"点烽火！"

石田三成对跑上前来迎接他的八十岛助左卫门大吼道。

第叁话

战场上的趋势尚难预料，而他们要投向会取得胜利的一方……

事到如今，石田三成放弃了让岛津部队参加战斗的希望。

战火正炽。

从大垣至关原的西军主力跟攻打大津城京极高次的立花宗茂精锐部队之间的协作，委实拙劣至极。

一切都无可挽回了。

从笹尾山西军大营燃起的烽火，是要告知南宫山与松尾山的盟军们该赶紧下山攻打敌人了。然而，南宫山的毛利、吉川主力正被东军的池田、浅野、山内等部队监视，而且早就跟德川家康换了誓状，采取"不参加东西两军任何一方"的态度。他们或许看到了烽火燃起，却无法从南宫山上了解战场情形。

唯有战场上撼天动地的厮杀声被风送了过来。

布阵山腰的安国寺惠琼担忧战况，再三派使者去吉川广家那里，广家却不予理睬。广家是大坂城西军统帅毛利辉元的表弟，既是毛利家的亲戚又是出云富田城主，有十四万两千石封地。

三十九岁的他，很早便搭上东军的黑田长政，接受了对方的建议。

他希望通过"不跟任何一方结盟"来突破毛利家尴尬的处境。

有史料表明，吉川广家对石田三成和安国寺惠琼素无好感。关原之战时，他威胁南宫山南麓蓄势待发的盟军长宗我部部队和长束部队，困住了他们，最终导致西军失败。

如果南宫山近三万西军遵照笹尾山的烽火下山，从东军背后攻其不备，又当如何？战场上，石田、宇喜多、小西部队的奋勇厮杀遏制了东军的攻势。所以，战况说不定会彻底扭转。

关原一役之后，德川家康将毛利家的地盘从一百二十万石削至三十六万九千石。

家康没遵守跟吉川广家的盟约，只是让毛利家幸存下来，这便是广家当内应的成果。毛利家眼看着地盘被削减了将近四分之三，自不免抱怨广家擅自做主当内应一事。倘若他那时支持西军攻打德川，大家哪会落得如此凄凉下场？广家就这样被毛利家疏远了。

吉川广家自决战开始便恪守着跟德川家康的约定，这或许也是因为南宫山远离战场，从那里无法依据战况作出正确的判断。

但是，松尾山的西军亲眼看到了两军在眼皮底下的战斗。

烽火信号燃起时，他们尚难判断出哪一方会胜利。

德川家康派出的使者奥平贞治到达了松尾山，而黑田长政的家臣大久保猪之助则从昨日便秘密上山监视小早川部队。

"该下山攻打藤川台的大谷军了！"

奥平和大久保一同催促小早川家的老臣——平冈赖胜。

"不，尚不是时候。"

"什么话！你们不是跟我家主公甲斐守大人明确订约了吗？"

"不错。"

"所以，请快点出兵吧！"

平冈默然不语。

战场上的趋势尚难预料，而他们要投向会取得胜利的一方……

平冈赖胜完全没料到西军主力会打得如此顽强。

正是此时，藤川台大谷吉继的急使赶到了松尾山。

见状，东军派来监视的二人赶紧躲了起来。

烽火明明燃起，松尾山的小早川部队却迟迟不动，大谷吉继当然会派人前来要求他立刻攻打东军。

平冈赖胜的回答又是："知道了。"

他未免太厚颜无耻、不知羞臊了吧。直到这时，平冈赖胜仍是旁若无人、镇定自若地对待两军使者及监视者，一副深谋远虑的架势。

看到他公然耍弄这等露骨的把戏，奥平贞治一时不胜惊讶，暗想这家伙简直蠢到家了。

十九岁的小早川秀秋"不谙世故"，平冈赖胜作为秀秋的老臣，绝不能让小早川家受到伤害，所以他唯有如此行事。他宁愿独自承担责任，也一定要保护主家。所以他此前一直闪烁其词，沉醉于欺骗敌我双方的手段之中。

（再稍微……再等一等……）

只要东军占了上风，他便会如约背弃西军，攻打大谷、平冢、户田等人的部队。

平冈赖胜的如意算盘早就藏不住了，被东西两军看得一清二楚。

眼下，小早川部队杀向战场的时刻到了。

然而，平冈拿不定主意该帮东军还是帮西军。

　　他的做法固然是有些目中无人，但结合他的立场来看，他的心烦意乱和备受煎熬都是难免之事。

　　再这样下去，就算他投靠了胜利一方，亦会造成"小早川直到看清了自身安全才去战斗"的情况。

　　不，他已经犯下这错误了。

　　所以，无论东西两军哪一方获胜，小早川家都势必会受到非难。

　　——这哪里算得上是结盟？

　　纵能明哲保身，小早川家亦将前途暗淡，只因其会被烙上"小早川秀秋乃一介不足取信之大名"的烙印。

第肆话

家康打算给将士们带来新的活力，以扭转战局——他要将本阵从桃配山挪到关原中央，向敌我双方一展东军统帅的高昂斗志！

笹尾山的石田三成本阵没有屈服于东军各部队的猛攻，继续坚持奋战。

三成的阁老岛左近身负重伤，退到了后方。据载，岛左近的部队几乎全军覆没，左近胜猛也负了伤，被勤务兵背了下去。

岛左近的消息从这一刻便消失了。估计他是战死在关原了吧？但也有人说他逃了。我曾从别人那里听说他逃往了备后的尾道地区，其子孙后来迁至广岛县的西条地区，深居简出，使用"拜岛"一姓，而且西条确实留有左近之墓。若是左近这样的武将战死，相信会留下记载才对，但历史上当真没有。

那场战斗持续了将近四个小时，两军都无法再维持初时的激烈。

打得筋疲力尽，难免想要稍事休息，何况士兵们根本不可能全都勇敢无畏。其中或许有人躲进林中休息了，或许还有人认为若在己方军队胜利之前死掉就白白出力了。

总之，战斗渐渐出现懈怠，意味着东军无法一下子扫平对方。

松尾山的小早川部队迟迟不肯行动，就是看清楚了战场上的这一状况。

时近中午，关原的上空一度有阳光照下，而今却又乌云密布。

"松尾山的情况如何？"桃配山本阵的德川家康坐不住了，"他在干什么？小早川还没叛变……还没有？"

家康从板凳上站了起来，跺着地板。

"问问甲斐守去！"

差役骑马跑出本阵，奔向战斗中的黑田长政。

德川家康开始啃咬指甲了。这是他焦躁时的习惯，从年轻时就开始了。

据载，看到战况不似预料般的顺利，家康一时间竟有些悲观忧虑。

家康的使者久保岛孙兵卫赶到正攻打石田本阵的黑田部队时，黑田长政刚好从战斗的旋涡中撤了回来，打算休息一下。

黑田长政是一位以勇武著称的汉子，他的头盔和铠甲俨然从血海中漂上来一般骇人。

"马！马！"

他跳下负伤的爱驹，催促换马。

"松尾山的情形如何？"

"什么……"黑田长政登时咬牙切齿，"你看看我这样子！这不是小孩子玩打仗！这种时候，我哪顾得上松尾山啊？蠢货！"

"啊……"

"之前我想尽办法了，后面全看小早川本人的想法！"

"可是，主公吩咐我来确认一下，所以……"

"所以你就将我甲斐守的话如实相告吧！别慌慌张张的。我正跟敌军作战呢，无论如何都必须突破敌军本阵才行！小早川之事以后再说。你就按我说的去说吧！"

黑田长政劈头盖脸说完，喝了勤务兵递上来的水，又跨上换来的马，回头对久保岛重复道："知道了吧？别慌慌张张的！"

这话与其说是对久保岛说的，莫如说是冲着德川家康去的。

——内府公可真是的，我这里打得正热闹呢，哪能知道松尾山的情形？他这是怎么了啊？

事到如今，只能听天由命打到底了，除此再无他法！

对面的笹尾山山麓，敌我双方的厮杀声再次大了起来。

黑田长政率领休息过的士兵沿水田疾驰而去，再次投身于战斗之中。

对付笹尾山石田本阵的部队，除了黑田、田中、竹中、生驹诸部队，又加上了本多忠胜的一支部队，简直是一场难分难解的混战。

无奈之下，久保岛掉转马头，跑回了桃配山本阵。

"怎么样？"

家康正心急如焚地等着久保岛孙兵卫回来。

久保岛一脸激动，原样转达了黑田长政的话。他被长政两次呵斥别慌慌张张的，只以为这话是冲着自己来的，所以强压着怒火。

"什么？甲斐守说'别慌慌张张的'了？"

"对，我也没慌慌张张的啊，只是担任使者……"

"行了，罢了。"

家康的嘴角泛起苦笑，恐怕他确实觉得适才有些慌慌张张了吧？

此时，以机动部队的形式打头阵的本多忠胜跑回了本阵。

"岛津部队一直没动静呢。"忠胜说道。

“没动静倒是不赖……但是，兵库头到底是想……”

家康从刚才就觉得按兵不动的岛津部队令人害怕。

见状，忠胜问道：“要不我主动打去？”

“这……”德川家康突然问道，“南宫山好像一直没动静？”

“我觉得那边没事儿。”

忠胜的意思是说，南宫山的西军确实遵守了约定，没有参战。而且，西军的宇喜多部队和小西部队的疲态渐盛，露了败相。

本多忠胜建议抓住这个时机，攻打岛津部队。

“好！”德川家康立刻决定，继而大喊道，“备马！我也要去！”

他将下了头上的赖政头巾。

（迟迟没进展呀！）

家康恨恨嘀咕着，在侍从的服侍下戴上了头盔。

五十九岁的家康当然不会再持枪杀敌。

但这样下去，战局还不知会怎样变化。

此刻，双方的战斗都开始呈现疲态，家康打算给将士们带来新的活力，以扭转战局——他要将本阵从桃配山挪到关原中央，向敌我双方一展东军统帅的高昂斗志！

这时，笹尾山连续传来震耳欲聋的轰鸣。

石田三成本阵的大炮开火了。因怕混战中伤了自己人，他一直忍着没使用大炮，如今却顾不得了。

本多忠胜对家康行了一礼，匆匆冲下了桃配山。

德川家康骑上马。

主将亲自上阵的螺号响彻了硝烟弥漫的战场。一时间，本阵的马标和二十余竿白色长旗相继沿桃配山缓缓下行。

东军逐渐压制了西军的宇喜多部队和小西部队。

家康的本阵直接来到了大部队的后方。

见状，福岛正则立刻从前线纵马奔来。

他手里拿的都是第四杆枪了。

正则的样子跟黑田长政不相上下——脸上、身上都糊满了血和泥土，甚至让人怀疑他不是凡人。他连五官都溅满了敌人的鲜血，一片模糊。

突然，家康对福岛正则大喊道："用铁炮猛击松尾山！"

本阵的铁炮队有五十余人，他们跑出本阵时，适逢福岛正则来到本阵附近。

"好，跟我来！"

福岛正则赶紧调来麾下二十余人的铁炮队，命道："跟上！"

只见他策马斜穿战场，向南方疾驰而去。

第伍话

　　福岛正则率领铁炮队奔向松尾山的山麓之际，其右侧忽有一支西军部队来袭。

　　见状，东军的藤堂高虎立刻分出一部分士兵前去拦截，想要争取时间。

　　福岛正则舞动长枪，登时将两名敌兵挑翻马下。

　　"大人在那边！"

　　"看枪！"

　　正则的随从们纷纷撤出战斗的激流，聚拢了保护正则。

　　福岛正则一到松尾山北麓，便将铁炮队一字排开。

　　"一齐开火！"

　　将近八十人的铁炮队一齐开火，轰鸣声带着回音，响彻狭小的关原盆地。

　　"再打！"

　　福岛正则昂首挺胸，如此吩咐道。

片刻之后，铁炮队再次向松尾山的山顶一齐开火。

时值两军战斗的胶着状态，这八十挺铁炮的两番射击只让人觉得足有两三百挺之众。

一顿狂轰之后，松尾山的小早川部队有些动摇了。

十九岁的小早川秀秋只惊得面如死灰。

"快喊石见守来！"

老臣平冈赖胜难掩狼狈之色，匆匆赶来。

"石见守，关东方面对我们……对我们射击了！"

"确实……"

"怎么办，不能再摇摆不定了！"

"嗯……"

平冈赖胜此刻不得不下决断了。

德川家康命铁炮扫射他们，无疑是宣布把小早川当敌人了！

战局的胜负如何，眼下尚且无法定论。

然而，平冈赖胜此人表面上固然沉着冷静，实则是个优柔寡断、瞻前顾后的人。因之，这一顿扫射带给他们的冲击足足被翻了几倍。

这时，待在松尾山的东军监视人员奥平贞治和大久保猪之助来了。

"你们意欲何为？"

"听到那动静没？内府公可不是一般的恼火啊！"他们如此催道。

"这、这就……"平冈赖胜仿佛忘掉了先前的冷静从容，一时间满脸通红，"我们这就出战！"

这时，跟松尾山隔着战场遥遥相望的石田三成本阵里，三成正集结着麾下人马，意欲进行最后的突击。

他所仰仗的猛将岛左近身负重伤退到后方，所以这位"总司令官"石田三成必须亲自向家康的本阵冲锋！

他要以此激励士兵，让南宫山上的毛利部队和松尾山上的小早川部队这两支生力军赶紧上阵！

"大人，松尾山的小早川部队动了！"

三成的家臣平山惣右卫门突然大喊道。

"什么……"

石田三成抓过平山递来的西洋望远镜，瞄向了松尾山。

没错，松尾山那一万五千余人的小早川部队确实有动静了，数不清的旗标纷纷挪动——他们开始下山了！

"嘿……"

三成喜不自禁。

——小早川部队总算上阵了，他们绝对是西军的生力军啊！

那一瞬间，只怕石田三成真会有如此想法。

然而，这小早川部队竟是攻向大谷吉继的藤川台阵地。

得知小早川叛变时，大谷吉继正在藤川台营地的帐幔中歇息。

"果然……"

他倒没有特别吃惊。

在大谷阵地前监视松尾山的平冢为广急忙驱马跑来。

"中纳言叛变了！"

"嗯。"

"我去迎战吧！"

"好！"

　　面对这突如其来的变化，吉继和为广只好痛下决断。此时迎战小早川部队的大谷方面计有平冢为广、户田重政、木下赖继等部，总共近三千人。

　　吉继将部队三分，先由平冢部队冲锋，抵挡下山的小早川部队。

　　小早川部队的一万五千人不是从山坡上攻下来的，而是沿着山路下山。

　　事出匆忙，他们根本就没功夫排兵布阵。平冢为广正是要在他们陆续下山、尚未布好阵形之际，予以迎头痛击。

　　从东面绕过松尾山山麓的关藤川，在战斗即将打响的地方岔成了藤古川和黑血川这两条河。

　　平冢为广决定在黑血川附近作战。

　　"就在那儿吧……"平冢为广翻身下马，"那里就是我最后的归宿了。"

　　大谷吉继点了点头，肃然说道："我们会紧随你的。"

　　"再见了。"

　　"嗯。"

　　吉继和平冢为广相对点了点头。

　　平冢的脸被头盔和面盔挡着，双目灼灼生辉。

　　吉继的脸则被白绢头巾盖着，白浊的双眼仿佛神采尽失。

　　从这场变乱开始直至今日决战，平冢为广始终追随着吉继。

　　此时，大谷吉继充满谢意，对着他深深低下了头。

　　平冢为广跨上战马，狂奔着离开台地。

　　"五助，备轿……"

　　目送为广离开之后，大谷吉继如此命道。

家臣汤浅五助发出信号，八名身强力壮的足轻将四敞大开的轿子抬了过来。吉继坐上轿子，没有拿枪，仍穿着黑蝶成群的白色武士礼服。

在三十名侍从的保护下，他缓缓离开了营地的小屋。

台地下面不远处的树林中，响起了平冢军出战的马蹄声。

这之前，他一直在战场西头监视松尾山。

悄无声息的大谷营地骤然骚动起来。螺号声惊动四面八方，铁炮声也从保卫最左翼的户田重政阵地响起。

这是在向逼近户田营地的东军藤堂部队开火。

"五助？五助！"

大谷吉继在轿子上喊道。

"是，我在这里……"

"噢，在这儿呀。"

吉继的视力似乎完全丧失了。

"胁坂的情况！"

"是！"

胁坂、朽木、小川、赤座等西军部队在松尾山山麓的树林中布好阵形，却迟迟没有行动。

朽木、赤座诸将暂且不说，大谷吉继相信胁坂安治（淡路洲本城主）绝不是个叛徒。他们素来交厚，而且，胁坂安治始终不忘丰臣家的恩情，朝鲜战役中虽无突出表现，却一直坚定作战，这次更是从一开始便守卫伊势口，而后撤回大坂以防止人质逃脱。

大谷吉继将胁坂安治布置在松尾山，让他监视小早川部队的动静，这正是出于对其人品的信任。

此时此刻，胁坂安治必须阻止小早川部队顺利下山！

吉继命汤浅五助去看看他的动静，五助很快便跑了回来，报称胁坂安治和其他三将都叛变了，正跟小早川部队联手杀来。

"胁坂竟……"轿子上的大谷吉继长叹道，"五助，我等休矣！"

"唉……"

"这一切都是治部大人咎由自取，我是没遗憾的！"

大谷吉继喃喃说着，用近乎失明的双眼望向了笹尾山的本阵。

人喊马嘶和铁炮的响动，在这全新的战场上卷起了旋涡。

不断移动的乌云缝隙中，时而会有秋日惨白的日光缕缕泻下。

第陆话

说到小早川部队的叛变，以下这故事值得一提。

秀秋重臣松野主马从秀秋养父小早川隆景时便是小早川家的家臣，威名远扬。小早川隆景是毛利元就的三子，是西军统帅毛利辉元的亲叔父，生前曾任丰臣政权的五大老之一，深得秀吉信赖。

三年前，隆景病逝，其大老职务由毛利辉元接任。

松野主马深受小早川隆景熏陶，当平冈赖胜传令立刻下山攻打大谷部队时，他愤然说道："这是什么话！变节不是不行，但总该选个时机！东西两军混战当前，我们却要背叛盟友，这算怎么回事？石见守（平冈赖胜）难道不晓得这会让小早川家名望坠地？我们万万不可变节！哪怕是老老实实待到战争结束都行啊！"

然而，螺号声响彻了军营。一时间只听得战鼓乱擂，小早川部队一窝蜂就下山了。

见平冈再度派来使者，主马大怒道："说了不行就不行！如此愚行哪里对得住故去的老大人！你要打请便，我独自率兵攻战东军！"

平冈赖胜闻言大惊失色，慌忙赶到松野主马那里。若主马一意出兵，他们背叛西军之事就全无价值可言了，反而会惹得家康暴怒。

所以，平冈赖胜反复恳求松野主马出战。

同样是小早川家的重臣，平冈跟松野简直截然不同。低姿态的平冈肯定是非常狼狈。

松野主马当然明白再指责平冈的愚蠢亦是无用，只得着手率军队拔营下山。

但是，他没有下山参战。松野主马让军队待在松尾山高地的一隅，直至战斗结束都没有倒向任何一方，始终保持着旁观姿态。

背叛盟军的战斗无法唤醒士兵们的斗志。

小早川部队下山之后，正欲渡过黑血川和藤古川时，早就埋伏着等待他们渡河的平冢为广部队突然开始用铁炮射击。

"打垮他们！"

为广部队对小早川部队的攻势猛烈，不但将小早川部队三次赶回了松尾山的山腰，更击毙了德川家康派去监视的奥平贞治。

眼看着消沉的大军被区区数百人的平冢部队击溃，年轻的小早川秀秋登时火冒三丈。

"都给我上！"他抢来一柄长枪，当先冲了上去。

据载，平冢为广打死打伤的小早川部队士兵是其部队死伤人数的两倍有余。

然而，兵力的悬殊毕竟让人无法可想，何况又有东军的藤堂部队和京极高次部队从侧面杀来。紧接着，和小早川秀秋同时叛变的胁坂安治的一支部队亦杀上前来，用铁炮射击浴血奋战的平冢部队。

战局迎来了最后的高潮，再度变得激烈。

许是东军统帅德川家康亲临战阵之故，东军一时间士气高涨。

在藤川台高地一隅落轿的大谷吉继听完传令兵陆续送来的报告之后，对汤浅五助黯然说道："全都完了……"

吉继失明的双眼无法再把握战况。

东军的枪响和呐喊一浪高过一浪。之前拼命战斗的宇喜多、小西等部队似乎都被东军给打垮了。

"五助……五助……"

"是，我在您面前。"

"岛津部队一直没有上阵？"

"尚无动静。"

大谷吉继闻言一叹，喃喃说道："那真的没救了呢……"

这时，平冢为广带着五名骑兵跑了回来。

他扔掉折断的十文字枪，翻身下马。

"我是因幡守。"

"哎呀，真想不到，竟然又见面了……"

"嗯！"

来到轿旁的平冢为广浑身都散发着血腥味，周身上下满是敌人的血和自身伤口的血。然而，大谷吉继那被病患浊蚀了的鼻子根本闻不到这血腥味儿。

"武藏守大人战死了。"为广报告道。

武藏守户田重政是越前安居城的城主，封地两万石。他跟大谷吉继一样深受德川家康的青睐，德川家臣和东军诸将中跟他交好的大有人在。据说东军诸将闻知重政战死，一时间全都流下热泪。由此不难看出重政的人品如何。

第柒话

户田重政、平冢为广和大谷吉继这些人都不是几十万石的城主，却连敌方众将都为之扼腕。他们跟西军共进退的初衷正是因此才会感人至深。

平冢为广将户田重政战死的消息报知大谷吉继，而后说道："结束了。"

"嗯……"

"我抵挡到了最后。"

"谢谢。"

此时此刻，就算大谷吉继坐上轿子，来到血肉横飞、刀光剑影的战场，亦是回天乏术。吉继的身体无法行动自如，双目几近失明，要这样一位武将浴血而死，真不如让他自行了断。而且，一旦错失了眼下，只怕就再没机会了——平冢为广因此从乱军中冲杀而出，特意来通知吉继。

"因幡大人，我真是不胜感谢。"

“哪里话……”因幡守为广摇着头笑了，用根本不像行将战死之人的语调铿锵说道，“总之，希望您有所觉悟……”

“明白，我所有的事情就都烦劳你了。”

“我想咱们很快就会在冥土共酌的。”

“嗯！”

“告辞！”平冢为广跨上与自己同样浑身血污的爱驹，轻轻拍了拍马头，“跑得不错。马这东西真令人钦佩。”

接着，他又叮嘱大谷吉继的家臣汤浅五助道：“早点动手吧！”

平冢为广笑着叮嘱完毕，便策马跑下了山坡。

“五助在吗？五助……”

吉继边喊边走下轿子。

“我在这里。”

汤浅五助跑上前来。

“噢……”

大谷吉继点了点头，摘下白绢头巾。他的脸因顽疾而面目全非，让人难以想象是人的脸。

“五助，帮我介错吧。”

“好……”

山丘下方，拱卫主人直到最后一刻的两百名士兵到了不得不战斗的时刻。

己方军队的螺号声与战鼓声响了起来，夹杂着战马的嘶鸣和杀上前来的敌军的呐喊。

“安房守大人和左卫门佐大人……哎呀呀，你们可真是抽到下签喽！”大谷吉继边说边麻利地解开衣服，“五助，好了吗？”

他泰然自若，宛如要喝一碗水般，将短刀插进腹中，划了一个十字。汤浅五助砍下主人的头颅，丢下刀哭倒在地。

"五助、五助……"

吉继的另一个家臣三浦喜太郎慌忙激励五助，而后包好了主人的头颅，夹在腋下向山丘对面的树丛跑去。

他要将大谷吉继的头颅埋到树丛下的某个地方。

这时，敌军扫平了山丘下面的大谷部队，正向这边奔来。

乌云压上头顶。汤浅五助收刀回鞘，抓起长枪，独自一人拉开架势应付逼到跟前的敌军。

暴雨突然来临——这大概是九月十五日的下午二时了。

战斗持续了七八小时，士兵们却觉得似乎只有一个小时。

所有沉浸在事物旋涡之中的人，其时间感都跟旁观者截然不同。譬如说，埋头创作的三小时，就完全不能跟乘列车旅行的相同时间相提并论。那真是稍纵即逝的三小时啊！又譬如在众人面前讲点什么的话，一小时往往会觉得才十五分钟罢了。

虽然战局时紧时松，浑然忘我的士兵们却难以感知时间的流逝。

闲话就按下不表了吧。却说小早川秀秋、胁坂安治等叛军部队击溃了大谷部队之后，紧接着便从侧面攻向殊死搏斗着的宇喜多部队和小西部队……战况由此来了一个大逆转！

宇喜多秀家只得放弃了希望，黯然寻思："这下完了……"

他无论如何都支撑不住了。

据史料所载，当时先是小西部队颓然败退，紧接着便是宇喜多部队向东北溃逃，其士兵死伤者达两千余人。

小早川秀秋的叛变，让宇喜多秀家一时间暴跳如雷。

"我非要砍了这狗贼的脑袋不可！"

他本打算纵马冲进乱军，却遭到明石全登的劝阻，只好跟数名家臣一道逃走。

明石全登是宇喜多秀家的重臣，是一名虔诚的基督教信徒。

宇喜多秀家很快便带着数名骑兵杀开一条血路，向伊吹山的山麓逃去。

这不是卑怯之举——小西行长不久亦逃离了战场，难以支撑笹尾山本阵的石田三成则同样逃往了伊吹山山麓。然而，三成和秀家当时都不相信一切会随着关原之战落幕……

大坂城中尚有保护着丰臣秀赖的西军统帅，而进攻近江大津城的盟军兵力更是为数不少。

大坂城是故去的丰臣秀吉所筑，拥有举世无双、规模宏伟的城郭。其本丸、二丸和三丸共计十二公里，护城河最宽处更达七八十米。西军就算输掉关原之战，只要靠残余兵力坚守大坂城，德川家康就会面临久攻不下的困境。

匆忙逃亡中固然没有自我了断的余裕，但他们肯定坚信只要逃出这里，就可以再打一仗。

宇喜多、小西两部继大谷部队之后土崩瓦解，使东军得以合兵一处，猛攻石田三成的本阵。如此一来，驻营三成本阵之右翼的岛津部队当然难逃一劫。

岛津部队所处的洼地距离战场不远。洼地后方的山丘上是岛津义弘，山丘下的防守者则是其侄儿岛津丰久。

屈指算来，东军的井伊直政部队曾几次逼近了岛津大营，但每次都被对方的铁炮队击退。

萨摩岛津家的铁炮队，其实力真不愧有"名震天下"之誉。

然而，眼下不仅是井伊军了——好几支东军部队分三面向孤立无援的岛津家营地攻来！

（接下来，就该是我和内府之战了。）

岛津义弘如此寻思着。说是战斗，其实只是一场撤退战。

所以，按照常识，他们该像宇喜多秀家那样撤往伊吹山方向才对，但就算那样做了，亦无法跟伊吹山中的部队齐心协力。况且，若是亡命山间，将士们的行动难免会有所限制。

但若将部队分散逃跑，又难保不会被东军逐个击破……

义弘想了一想，决定由中路突破东军，直冲向家康本阵，继而奔上伊势街道以逃离战场。

这的的确确是个极其果敢的撤退战略。

他们不是要逃跑，而是要主动进攻，以求从敌人的大军中突围离去！

哪怕要付出惊人的流血和牺牲——

"但是，我们能将老大人保护到底了！"岛津丰久长笑说道。

第捌话

一千五百来名岛津士兵的面前处处都是敌人，他们决定从正面突破。

乌云笼罩着的关原，雨势渐大。

岛津部队的先锋是重臣——后醍宗重。

"老大人"岛津义弘直冲中央，侄子岛津丰久则亲自殿后。

家臣们极力劝阻，但丰久听不进去。他决意死战到底，无论如何都要让伯父岛津义弘逃出生天。

螺号声从岛津部队的阵地响起。只见一排足轻手持长枪，昂然呐喊着由正面杀出。

"啊……"

"向咱们冲过来了！"

只怕东军根本没想到对方会从正面进攻——身陷绝境、无路可逃的岛津部队明明只有"分散撤退"一途，哪知他们竟抱成一团，强攻而来！

从岛津阵地侧面冲来支援东军井伊部队的京极高次部队，才一眨眼便被岛津家的先锋部队冲得乱七八糟。

战马倒在地上，溅起泥浆。京极高次部队仿佛突然挨了一记闷棍，被先前一直养精蓄锐的岛津部队打得落花流水。

不管如何分析，岛津部队所瞄准的突击目标都只能是德川家康的本阵。

而且，那些人确实能说到做到。

福岛正则遥遥望见岛津部队那印着一棵杉树的熊皮马标和圆圈中绘有十字的旗标汇成一条河向盟军冲来，慌忙掉转马头，大呼："不好！"

他匆匆率领身旁的士兵向家康本阵奔去。

"保护本阵……保护本阵！"

井伊直政的部队匆匆展开两翼，围向冲散京极部队的岛津部队。

紧跟着先锋长枪队的岛津士兵立刻补至先锋部队两侧。

德川家康望着这疯狂的突击，忍不住一把抓来家臣手中的枪。

岛津部队的反击确实惊人，简直就是西军的一支奇兵！

他们离家康本阵甚近，哪怕徐徐而行都用不上二十分钟。

因之，东军更是狼狈不堪。

察觉此事的东军部队纷纷冲来，无奈岛津方面全无收手之意。

"混账！"

直政恨得咬牙切齿，眼看着殿后的岛津部队向主将岛津丰久两侧围拢，将丰久护住。

他们尽管人员分散，却没有停止突击。

井伊直政的铁炮队自其左侧开火。

雨水中，硝烟弥漫。岛津部队成排倒下。

但是，岛津丰久真的突破了包围圈！

紧接着，福岛正则的部队适时从右侧杀来。

战斗眼看着将会更趋惨烈……

突然，一路杀来的福岛军中混进了八名士兵。这八名手拿长枪的士兵犹如一体，抱成一团攻向岛津部队。

他们这一独特的战斗方式似乎没有被人察觉。

他们没有骑马，而且只是"半武装"——他们没戴头盔，而是戴着阵笠（简易斗笠头盔），看装备像是长枪足轻，却又不能这样断言。

他们的装束似乎不太协调，但时值混战，此事根本无人留意。

他们背上的四眼扣旗标表明他们是东军京极高知的士兵。

这八名士兵恶狠狠扑向了岛津部队，以近乎骏马的速度奔跑，再奔跑，将岛津部队的士兵逐一放倒。这八人同仇敌忾，只要有一人将被敌方的长枪伤到，立刻就会有另一人从旁施救。

这时，岛津部队的侧面又杀来一支部队，那是先前一直攻打大谷部队的筒井定次部队。真不知他们是否看见了这八名士兵那无懈可击的默契配合和野兽一般的神速移动……

总之，敌我莫辨了。那八名士兵就这样卷进了战斗的旋涡。

岛津部队看似要冲往德川家康的本阵，却忽然扭头向右。叛变的小早川部队适时赶来，妄图拦住突击中的岛津部队，哪知竟被打了个落花流水。

此际，那八名貌似京极部队士兵的人从达到混乱巅峰的战斗中脱身而出，开始奔向战场上的家康本阵。

他们正是壶谷又五郎和七名草者！他们之前大概就一直伏在战场某处，兴许亦曾屡次靠近家康本阵，却没有得到机会……

岛津部队那猛烈的撤退战给了他们机会！

壶谷又五郎阵笠下面的脸上戴着面盔，手握单片镰形枪。

风雨交加中，家康的本阵被好几重嫡系部队团团围住。然而，根本没有人察觉这八名身负京极氏旗标、匆匆穿梭战场的士兵有何可疑。

这时，扭头去往东南方向的岛津部队密切关注着左手边家康本阵的动向，意欲继续冲向伊势街道。

东军由此看穿了他们的撤退意图。

"别逃！留下兵库头的脑袋再说！"

井伊直政亲自冲锋，策马杀进了岛津部队。明明就在岛津部队的前方，却未能将之挡住，反而被其突破，此等窝囊真让"德川四天王"之一的井伊直政忍无可忍，更遑论岛津部队之前一直未让井伊部队的进攻得逞。

撤退的岛津部队折损过半了。

战斗渐渐变成了东军的追击战。

数千人的呐喊和战马的嘶鸣将雨声湮没。岛津部队开始沿着战场的南侧，向东而去。

第玖话

似乎就是这时，先前一直拼命支撑着的笹尾山西军本阵陷落了。

面对雪崩般蜂拥而至的黑田长政、田中吉政、细川忠兴等东军部队，石田三成的本阵登时混乱异常，士兵们四散溃逃。

"追！追到底！"黑田长政纵马喊道，"我们一定要拿下治部少辅的脑袋！"

由岛左近、蒲生乡舍等骁将统领的石田部队彻底覆灭，治部少辅石田三成被数骑人马保着，逃进了烟雨迷蒙的伊吹山。

岛津部队同样忙着撤退，他们从家康本阵自西向南、再向东去，如旋风一般战斗着，想要突破东军的包围。他们共同保卫着老将军岛津义弘，不断丢下满地的牺牲者，直冲向伊势街道。

这哪里像是一支正在溃逃的军队！

（哎呀！竟然……）

德川家康不禁瞠目结舌。他的本阵虽然位置稍高，却基本是一处平地。

家康主力军的将士们渐渐逼近了周围的水田和树林。

壶谷又五郎率领七名草者同样跑了进去。

没有人阻拦他们。这八人背上毕竟都插着西军京极高知的旗标，而京极高知眼下正忙着追击岛津部队。

说不定大家反而会觉得这些京极军士兵跑来本阵是要传达消息呢。

京极高知是死守近江大津城直至昨日的京极高次之弟，现任信州饭田城主，封地十五万石。他从一开始便隶属东军，而且参加了岐阜的攻城战役。

壶谷又五郎从防守坚固的家康主力军缝隙中穿行前进，一时激动莫名。

（这样子……没准能成功了！）

又五郎他们自战斗开始之后便屡屡接近家康本阵，但无一次成功。若非岛津部队突然间弄出一场出人意料的强悍撤退，又五郎简直就放弃希望了。

风雨交加中，又五郎他们放慢速度，靠近了家康本阵。

此际，战斗基本上是落幕了——笹尾山本阵覆灭的消息不断传到家康本阵；而追击岛津部队的战事虽尚进行，亦只是对方能否逃脱的问题。

岛津部队伤亡惨重。

壶谷又五郎看到了树林对面的金银大旗标，立刻回过头来，冲七名手下点了点头，接着便再度奔跑。

“等等！”

“什么人！”

本阵中跑出两名足轻，挡住了又五郎的去路。

这些足轻的阵笠顶上系着细长的黄布，直垂至肩。

他们是负责本阵周围警戒工作的甲贺山中忍者，那黄色的布条正是其分辨标志。

真不愧是山中忍者。看到那八名装束参差不齐的士兵正靠近本阵，他们登时起了疑心。

看见挡在前方的两个人的脸和衣服，壶谷又五郎亦察觉他们必是甲贺忍者，却镇定答道："我们是京极修理太夫的侦察兵。"

"噢，要去哪里？"

"去本阵。"

"什么事？"

"我们是使者。"

"啊？"

这打扮怪异的足轻竟自称是京极高知的使者，山中忍者一时不免茫然。

"什么事？"

"怎么回事？"

附近的士兵纷纷上前，围住了又五郎等。

只听得追击岛津部队的呐喊渐渐东逝。

（这下完了……）

壶谷又五郎不禁暗想。突然，只见他肩头一动，单片镰形枪如惊鸿般刺向了眼前拦路的两名山中忍者。

这手段当真了得，令人油然生畏。

两名山中忍者甚至都没有躲闪的时间，立刻中枪倒下。

那一瞬间，鞍挂八郎等七名草者齐齐猛然前冲。

"刺客！"

"别逃！"

本阵的士兵们挥枪迫近。

"嗨！"

又五郎纵身一跃。

"保护主公！保护主公……"

"包围刺客！"

本阵大乱，马狂奔着。

两名草者孤注一掷，刺向周围的马。

鲜血四溅，惨呼连连。

这惨呼中怕亦含有被东军士兵用枪刺中的草者的声音。

壶谷又五郎不顾一切向前冲去。

他掀翻敌人，钻过马腹下面，腾挪闪躲。

接下来……

他看到了对面那摘掉头盔、戴着赖政头巾的德川家康！

又五郎和家康的距离只有将近十五米了！

（是时候了！）

又五郎奋身一跃，踩住了挡在家康两边的侍臣的头顶，正待下扑之际，家康的面前竟突然冒出一名轻装武士，和又五郎一样跳离了地面。

这武士不是别人，正是内匠山中长俊！

士兵们的头顶上，又五郎和长俊的身体轰然相撞，一同坠了下来。

德川家康将身子一缩，一旁的大和守山中俊房立刻抽出长刀。

家康的侍臣分占两翼。

壶谷又五郎的单片镰形枪刺进泥泞。

山中长俊的短刀直没进他的胸膛。

而又五郎不知何时亦翻手亮出一把短刀，对准山中长俊的腹部刺出。

短刀的刀锋从长俊的背部透了出来。

又五郎和长俊打了一个平手，两人都是当场毙命。

"狗贼！"大和守山中俊房悲愤难当，大喊道，"竟然将内匠……"

只见他将长刀一丢，匆匆跑上前去，将跟山中长俊重叠着倒下的壶谷又五郎往旁边一拖，骑到了又五郎的尸体上面。

德川家康和本阵的将士们看着这番情景，人人都是面色凝重。

"竟然……狗贼，你竟然……"

山中大和守眼看着如臂膀般的堂弟被人杀了，自是勃然大怒。

壶谷又五郎的遗容十分骇人。他龇出来的门牙紧咬下唇，深深陷了进去，分明叙说着最后一瞬间那动人心魄的激战。

山中俊房拔出短刀，割下了又五郎的首级。

这时，奋不顾身追随壶谷又五郎迫近家康本阵的那七名草者悉数战死。

第拾话

被东军激烈追逐着的岛津部队来到了伊势街道，换言之便是德
川家康最初驻营的桃配山南麓一带。

昨夜从大垣前来的西军，正是取道伊势街道，经由乌头坂抵达
关原。

岛津部队不顾一切爬上了乌头坂。

"包围他们！"

"一个都别放过！"

井伊、本多、小早川、京极等东军部队立刻跟着冲上。

岛津丰久和手下士兵拖住了他们，强撑着跟对方战斗。

此际，丰久唯一的希望就是让六十六岁的伯父岛津义弘回到萨
摩。他为此不惜一切代价，反复进行着超越人类身心限度的激战，
半点不肯退缩。

他们只要一击退敌人便掉头逃跑，不断鼓励骑着马凄苦逃亡的
伯父，等敌人的追击迫近便回头再战。

若没有岛津丰久这英勇而不知疲倦的防御，岛津义弘怕是逃不成的。

坚持追击爬上乌头坂的岛津部队的，就只有井伊直政这一支部队了。

此时此刻，岛津部队的幸存者不足两百——冲出关原阵地时的一千五百余人竟锐减到了不足二百，由此不难看出东军的追击是何等猛烈！

岛津丰久的末日到了。

这一轮的防御战中，丰久的士兵们悉数倒下。一时之间，东军的骑兵们骤然疾冲，长枪齐刷刷刺向了他的身体。

丰久的英勇苦战便是如此让追击的东军怒不可遏、仇恨刻骨。

井伊直政继续挥兵追击。由于受伤和极度疲劳，又有两三名逃慢了的岛津士兵中枪被杀。

过了伊势街道的牧田村之后，岛津部队向右一拐。这条路名唤“多良道”，连接着养老山和铃鹿山之间的峡谷，贯通甲贺、伊势。

岛津部队尚未踏上这条山路，井伊直政便率数名骑兵追了上来。

保护岛津义弘逃跑的随从只剩下不到一百人了。这时，岛津氏的家臣柏田源藏决定孤身留下，藏身树荫，对着一马当先的井伊直政扣动了铁炮扳机。

“啊……”

井伊直政的长枪坠地——子弹命中了他持枪的右腕！

战马受惊人立，直政一头栽了下来。

这时，一个姓“入江”的人从树荫中跳了出来，径直砍向井伊直政。

这入江本是石田三成的家臣，混战中却混进了岛津部队。

身负重伤的井伊直政之所以没被入江杀死，全赖其侍从紧跟着追了上来。

见状，入江扭头逃了。

井伊直政昏迷不醒，追击战就这样落幕。

两年后，直政以四十二岁的年龄逝去。

同样是德川家康的重臣，本多忠胜据说从未负伤，井伊直政则是浑身上下伤痕累累，披创无数。

关原之战后，家康将石田三成的佐和山城赏给了井伊直政，让他当上十八万石的城主。那之前，直政曾受封上野箕轮，封地十二万石。由此可知家康对直政功绩的评价之高。

直政打算将佐和山一带的治所迁至彦根山，修筑一座新城，遂有了留存至今的彦根城。

德川幕府末期，井伊直政的后人、大老井伊直弼在江户城的樱田门外遭水户浪人刺杀，被孤身从萨摩岛津家逃出来的有村次左卫门砍下脑袋，这跟当年的关原之战未必没有渊源。

时至今日，鹿儿岛的高中生每年修学旅行时都要去一趟关原。踩着岛津部队突破重重敌军的逃亡道路，追思往昔。

在这方圆一里半的小盆地上，东西两军总共出动了将近十四万的兵力。

九月十五日的下午三时许间，这场决战总算落下了帷幕。

南宫山上的毛利、吉川、安国寺、长宗我部、长束等三万西军，直到最后都没有任何行动。

既是毛利氏同族又是出云富田城主的吉川广家恪守着"中立誓约"，但这誓约只有他一人知道。

吉川广家主导着毛利秀元和其余将领的行动，以致他们虽然听到对面那怒涛般的呐喊，却将战机坐失。

被推上"西军统帅"位置的丰臣家大老毛利辉元派养子秀元率兵协助三成，同时叮嘱表弟吉川广家："秀元就交给你啦。"让他辅佐毛利秀元。

毛利秀元现任周防国山口地区的城主，有封地二十万石，这一切都是养父所赐。但是，他毕竟年方二十，又是养子身份，自然对吉川广家甚是忌惮。

关原之战打响不久，安国寺惠琼和长束正家等人便坐不住了。他们向南宫山的毛利秀元派出使者，提出"必须出战"、"请您出兵"云云。

毛利秀元正有此意，遂询问把守毛利家大营前方的吉川广家是否该出动了。

广家镇定自若，根本不加理睬，只是说道："没到时候呢。"

据说，因山麓处诸将不断要求出兵，毛利秀元忍无可忍，只好以让士兵吃饭的办法来拖延时间……

倘若此事当真，那他简直愚蠢到家了！

毛利家的大营若无动静，仅有些许兵力的将领们自不敢单独行动——换言之，他们固然可以行动，却没有那种胆量。南宫山的西军里面，哪怕只出现一员像东军井伊直政那样的武将，形势亦必定会有所变化。

后来，毛利秀元派使者去见安国寺惠琼和长束正家，告诉他们道："只要吉川不肯出战，我们就不能下山。"

而且，他竟然让他们直接去跟吉川广家商量。

这是何等的不近情理！

"怎么办啊？"

"这下子麻烦了……"

结果，就在他们磨磨蹭蹭的时间里，战争结束了。

南宫山山麓诸将的营地距离关原只有将近两里，铁定不会赶不上长达七小时的战斗。

"完了……"

当听到岛津部队撤退的消息时，安国寺惠琼和长宗我部两人仓皇出逃。

第拾壹话

"怎么搞的！"

安房守真田昌幸听说西军输了关原之战，一时瞠目结舌，片刻后方又喃喃说道："难道他们觉得这是跟小孩子打着玩儿？"

昌幸脸上满是匪夷所思的神情。只怕幸村亦有同感。

须知，他们曾将十倍于己的德川家第二军诱至上田，让对方错失决战。

这可不是一星半点的兵力。他们足足使三万有余的德川家精锐部队没赶上决战日期！

就算没有"总司令官"石田三成的资质和威望，这都该是一场稳操胜券的战役，何以他们竟没取胜？以真田父子的角度看来，这简直不可思议至极。

抛开三成不说，小西行长、宇喜多秀家、岛津义弘和大谷吉继这些人都去了啊！

为何这些人就"不想赢"呢？

后来，昌幸和幸村得知了当日的战况，顿觉大失所望，觉得那当真太愚蠢，太遗憾了，甚至难以想象是正常指令……

那样的战略、那样的武将临阵倒戈，实难让真田父子接受。

（若是我跟左卫门佐率一千士兵去关原，家康的脑袋早搬家了！）

石田三成主力军的英勇奋战。

小西、宇喜多两支部队的奋力拼搏。

大谷吉继、平冢为广等人的殊死搏斗。

岛津部队那刚猛无俦的撤退。

如此勇敢的战斗，何以竟没有制胜之机？

真田父子觉得这简直匪夷所思。

南宫山跟松尾山盟军的叛变另当别论，但西军坚持打了七个小时，的确让德川军吃尽了苦头。这期间总该有杀掉家康的机会才是。

就拿草者壶谷又五郎、阿江、奥村弥五兵卫等人来说吧，他们的人数不足五十，不照样把事情做了？

又五郎仅仅率领七人，不照样迫近了家康的本阵？若非山中长俊舍命防守，又五郎只怕都杀掉家康了吧！

那种情况之下，谁敢说没有可能？

真田父子总结西军诸将虽英勇奋战却颗粒无收的教训，觉得那不只是拙劣无比的战术所致，更重要的是他们一直各自为战。

真田昌幸所谓"跟小孩子打着玩儿"指的就是这个。

从大垣到关原，西军诸将究竟召开了怎样的军事会议？

幸村怅然若失。

再后来，从阿江和弥五兵卫那里听得奇袭家康的情况之后，幸村对父亲长叹道："若是我啊，哪怕只带一百士兵，都会死守上方。"

　　幸村似乎觉得诸将单独作战是"无所谓"的事情，只要他亲率部下出战，就一定会寻得可乘之机。这番话绝非逞强和夸夸其谈。十五年后，幸村真的证明了这件事。

　　随着西军落败，真田氏本家不得不接受惩罚。

　　这件事就先讲到这里，接下来，我们继续说说关原之事。

　　石田三成、宇喜多秀家、小西行长都不觉得关原会让一切落幕。

　　别忘了，大坂城尚在！

　　他们犹自对那里抱有希望。

　　包括被数十名随从陪着逃出关原的岛津义弘都说，只要大坂城的西军统帅毛利辉元决定上阵，他就会进城帮他一把。

　　关原日暮之际，德川家康将本阵迁到了藤川台。

　　藤川台是大谷吉继的营地，家康得知那里尚留有吉继起居的小屋，遂道："好，就去那里吧。"立刻撤离战场。

　　诸将齐集一堂庆贺胜利，查验敌人首级的事情亦大致告一段落。

　　雨越发大了。浑身泥浆血污的士兵们虽连口热水都喝不上，但战争毕竟赢了……

　　德川家康兴高采烈，笑道："拿我的头盔来！"

　　他摘下赖政头巾，重新戴上头盔。这大概便是"胜不骄"吧？

　　家康坐在床几上，逐一慰问前来参贺的将领。这时，身负重伤的井伊直政和松平忠吉来了。

　　家康的四子松平忠吉是西乡局所生，时年二十一岁，担任武州忍城的城主，封地十万石。忠吉奋勇追击岛津部队，竟致双臂受伤。然而，德川家康对儿子忠吉只是瞥了一眼，没有说话。

“这次进展顺利……”

身负重伤的井伊直政屈膝行了一礼，后面的话几乎说不下去了。见状，家康急忙扶住了他，让人拿来自己的专用药箱，亲自给直政包扎臂上的伤。

接着，他一副“顺便给你些吧”的神情，将伤药递给松平忠吉。

“包扎一下吧！”

“是。”

“嗯，好了。”

家康点了点头，目光中微露父爱的殷殷深情。

之前，军中曾有流言称井伊直政对诸将放言道：“今天的会战中不可能有人在我之先了。”

那便是说，今天的战斗中，举座无一人比他更加出色。

若此话当真，岂不成了居功自傲？

在战场经验“无人匹敌”的勇将直政看来，今天同伴军队的战斗未免“太过松垮”——他说的当是这个意思。

德川家康对直政说道：“你的赫赫战功非自今日开始，你做得非常好！”

“不……兵库头最终逃了，真是失策。”

“好了，好了。”家康反复摩挲着井伊直政的肩膀，笑道，“战斗尚未结束。”

“啊？”

“先养伤，好吧？”

“嗯……”

直政身负重伤，又兼大量失血，一时几欲昏厥。

当时，狂风暴雨弄得篝火都无法点燃。但随着本阵挪到藤川台之后，雨势便骤然减弱。

诸将纷纷赶来，背叛西军的小早川秀秋更是奉上了夸张的溢美之词。

南宫山的毛利秀元没有来。因按兵不动之举非出所愿，所以他赶回大坂，回到父亲毛利辉元身边去了。

"还是去一趟的好。"

据说吉川广家曾劝他去家康本阵，而秀元毅然回了大坂。

不久，大谷吉继的首级寻获。

刑部少辅吉继的头，被其家臣三浦喜太郎深深埋进了泥泞的水田里，却很快就被挖了出来。

谁让那附近有自杀身亡的三浦喜太郎的尸体呢？

（这样的话……）

认识三浦喜太郎的德川家臣太田权左卫门凭直觉搜寻了周围的水田。

德川家康一直都很欣赏大谷吉继，他深知此人无奈加盟西军的缘由。

家康凝望着被送到眼前的大谷吉继的首级。

"他打的是一场迫不得已的仗……"家康望着面目全非且开始溃烂的吉继首级，吩咐太田权左卫门道，"厚葬他吧。"

须臾，冲进藤堂部队血战而死的汤浅五助的首级亦被送来。家康看到头颅上那不太明显的兔唇，说道："的确是汤浅五助。"

但是，吉继长子大学助吉治和次子山城守的首级尚未寻获。

这兄弟俩依然活着，躲了起来。

第拾贰话

关原大捷的消息传到第二军的德川秀忠那里，都是第三天（九月十七日）的事情了。

秀忠走木曾路急行军到达妻笼之时，突然收到了这个消息。

当时，进了妻笼村后借住百姓家的德川秀忠正吃着饭。只见一个家臣匆匆进来说道："本多中务大人派来了使者！"

"啊……"

秀忠的筷子登时失手掉落。秀忠当然知道本多忠胜是主力军的先锋，早就奔赴了战场。

（忠胜的使者竟从美浓来到木曾，胜负姑且不论，难道说……决战……结束了？）

德川秀忠用颤抖的双手拆开使者送来的信。

千真万确是本多忠胜的笔迹。

然而，这是忠胜九月十四日夜间所写，大意是说："明日一早，便要决战关原……"

所以，本多忠胜的使者亦不知晓胜负如何。

虽不知道结果，但两天前肯定是进行了决战！

秀忠从使者口中听取了九月十四日夜晚前的情况，却毕竟不知谁胜谁负，一时坐立难安。

“父亲不会让我切腹吧……”他忍不住对榊原康政说道。

哪知这位足以跟井伊直政分庭抗礼的德川家重臣竟朗然说道：“希望您做好觉悟。”

秀忠登时慌了，吼道：“那咱们赶紧走啊！”

“这三更半夜的？”

“当然！”

“不行。”

“啊？”

“不行！”

“你敢抗命？”

“您难道不明白？”

“嗯？”

三万将士早就被持续数日的强行军搞得精疲力竭了。而且，就算他们夤夜翻山赶去——

“于后事又有多少益处？”

榊原康政断然制止了秀忠。

秀忠亦非愚昧之人。

“这往后的征程——直到攻取大坂之前，是不会没有波澜的。”康政劝说秀忠，挽回迟到的坏名头的战斗机会尚是有的，而且——“万一要切腹，我康政会陪着您的。”

九月二十日，秀忠的第二军总算抵达大津，来到德川家康身边。

憔悴不堪的秀忠让人前去通报。

家康厉声回绝道："我不见这等不成体统之人！"

既是亲儿子又是继承人的秀忠竟如此丢脸，家康无法仅说句"算了"就原谅他。

然而，他同样没让秀忠切腹。

秀忠毕竟是具备继承者的资质。所以，家康等待着本多忠胜等重臣们从中斡旋。

重臣们悉数会意，纷纷出面说和。

家康总算允许秀忠来觐见了，当着同席诸将的面，把他狠狠骂了一顿。

眼下，大津城兀自被西军的立花宗茂占据着。

（再这样守着大津又有何用……）

宗茂决定率全军撤退，他同样打算回到大坂城重新跟东军决战。因此，德川家康得以兵不血刃进了大津城。

从关原到大津需要五天时间，而且那中间夹着石田三成的佐和山城。

——必须拿下佐和山城！

九月十六日一早，家康从藤川台动身去往近江。

数万东军包围了佐和山城，对方却全无投降迹象。笼城的石田部队据说共有两千八百余人。

城的本丸由隐岐守石田正继（三成之父）把守。以援军身份赶来的不仅有宇多赖忠（三成岳父）、赖重父子，赤松则房、长谷川守知和三成之兄石田正澄更特意由大坂前来，分守三处。

　　真田昌幸和阿德所生的於菊，正是跟这位宇多赖重订立了婚约，临近出阁时忽因东西决裂而留在了上田城内。倘若迟些开战，只怕於菊便会跟石田三成的妻弟宇多赖重同赴佐和山城了。那样一来，佐和山城失陷之际，她肯定会随着丈夫宇多赖重自杀。而此际的於菊则快被泷川三九郎带到江户了吧？

　　九月十一日，真田昌幸将於菊交给突然造访上田城的泷川三九郎，短短四天后便爆发了关原之战。

第拾叁话

九月十七日至十八日间，石田三成的老窝佐和山城被攻陷了。

直到关原之战白热化时才决定背弃西军的小早川秀秋，其名誉委实不佳。东军诸将看待他的目光全都是冷冰冰的。

秀秋对此自是十分清楚，所以他很害怕诸将的目光，甚至都没打算去拜见将大本营迁到藤川台的德川家康。

"筑前中纳言到底是个孩子。"家康喃喃说道，继而吩咐家臣村越直吉道，"罢了，罢了，快把他带上来吧。"

村越立刻离开藤川台，去了黑血川畔的小早川秀秋那里。

"我给您带路。"

当他这样说时，十九岁的小早川秀秋惊喜得简直说不出话了。

秀秋自知其犹犹豫豫的态度惹得家康大怒，以致被用铁炮猛击。虽然东军取得胜利，他兀自害怕家康动怒，不敢去恭贺家康。

秀秋惶然问道："您的意思是说……我可以去拜见他了？"

村越直吉笑道："大人都等得不耐烦了。"

“真、真的？”

秀秋立刻率老臣平冈赖胜和二十余名近臣冒雨去了家康本阵。

家康的本阵被两三重栅栏和帷幔围着，黑田长政刚好守在栏外。

“中纳言大人，你有何贵干？”黑田长政故意斥道，“你一再出丑，到底有何企图？”

他这话其实说的是平冈赖胜。赖胜无言以对。他低着头，面色苍白，跟今早在松尾山“权衡”东西两军时形若两人。

黑田长政斜睨着出尔反尔的平冈，须臾才又望向小早川秀秋，开口说道：“中纳言大人……”

他给了秀秋一个建议。

——横竖都来见家康了，索性去当攻打佐和山城的先锋吧。

“明白。”

“那好，我陪您进去。”

黑田长政将小早川秀秋带进了本阵。

见秀秋带着平冈诸人战战兢兢出现，德川家康一时笑容满面，招呼道：“哎呀，来了呀？”

家康脸上固然笑着，那一对虎目却冷冷打量秀秋。

秀秋伏地行礼，恭贺决战大捷。

话说回来，此日胜利的转折点确实就是小早川秀秋那一万五千人背弃盟友，下了松尾山进攻西军。倘若小早川的生力军没有叛变，而是和西军一同杀来，只怕就无望胜利了……

家康和东军诸将嘴上不说，其实却都有数。

所以，若小早川秀秋和平冈赖胜堂堂自若，率先来到家康本阵的话，情况又如何呢？

——东军得以取胜，不正因我们当了内应之故？

关原之战固然赢了，大坂城的问题却毕竟没有解决。西军余党尚拥有不可小觑的兵力。

此际，德川家康根本就没觉得天下"稳操手中"……

但当他看到过度诚惶诚恐、仿佛念叨着"请您原谅我们延误了叛变时机"的小早川秀秋诸人时，嘴上虽说"中纳言大人功不可没"云云，暗中却打定主意，不会给他们太多的战后封赏。

结果，小早川秀秋虽被赐予备前、美作、备中三国，却在两年后的庆长七年病逝，年仅二十一岁。他死去后，家康立刻灭掉了小早川家。

话说小早川秀秋听了黑田长政的建议，向家康求道："请让我担任进攻佐和山的先锋。"

他有意借攻打佐和山之役一雪前耻。

家康同意了。

秀秋之后，胁坂安治亦前来拜见，哪知家康竟冷冷说道："中务，干得不错嘛。"

胁坂安治是一位天下闻名的武将，由丰臣秀吉亲手培养而出，曾立下赫赫战功，只是性格迟钝，未能青云直上。所以，德川家康对他一直有些轻视。

不管胁坂安治是如何的沉默寡言和脑袋迟钝，这次背叛总归是他一生中屈指可数的果敢行动之一。然而，战争结束后，他仅仅保住了三万三千石的旧封地，没得到任何封赏，却是甘之如饴。

此人就这样自甘淡泊，悄度余生，历经了德川幕府三位将军之后方告病逝，享寿七十三岁。

第拾肆话

就算是万分之一的希望——哪怕一部分西军能来救援佐和山的希望，都彻底落空了。

攻打佐和山城的东军除了井伊直政、田中吉政，尚有小早川、胁坂、朽木等西军叛将，宣称一万五千人，实则怕是超出两万。

佐和山城中迎战的石田军有两千八百人。

小早川秀秋他们负责攻打佐和山城的正城门，田中吉政则绕去背后。

九月十七日的拂晓，攻打正城门的战役开始了。

既是被约八倍于己的敌人包围，这场战争无疑是没有取胜的希望。

佐和山城的城郭固然宏伟气派，但守卫的两千八百城兵毕竟束手无策。

他们反而将力量散开，一方被攻破，其创口便波及了各个方面。

佐和山城被托付给了城将石田三成的父亲——隐岐守正继。城防战开始之前，正继召集诸将，缓缓说道："如此形势下，我们就算守城也无非草草守上三天，我实不忍见对石田家忠诚勤勉的人在这场战争中白白送命。"

石田正继是名武士，很早以前便定居佐和山附近的近江国坂田郡石田村。

三成从小便被他严厉教导道："哪怕潦倒落魄，也不可懈怠了修习学问。"所以，三成深抱向学之志。

三成被丰臣秀吉发现，逐渐崭露头角，当上近江佐和山城的大名，封地二十万三千二百石。那以后，石田正继便一直替儿子打理封地政务。

石田三成以阁僚（奉行）的身份，深得太阁秀吉信赖。秀吉生前，他几乎总是陪伴左右，因此多数时间都生活在大坂和伏见的宅邸里面。因之，他将封地的政务全权交给了父亲隐岐守，以便心无旁骛地从事奉行工作。

隐岐守正继和三成一样，都是当时一流的知识分子。他对属国的治理一丝不苟，据说属民们都对石田家的政策欣然接受。

"既然确定会战败，那就不能再折损人才。"正继集合了将士们，开诚布公道，"大家都赶紧走吧。"

固然有人离城而去，但留下的仍有两千八百名将士。

石田军在关原的英勇奋战无须再说，眼下正是跟佐和山城共存亡的时刻，如此多的士兵甘愿留下，自是出于对石田父子的敬慕之情。

论谋略和战术，石田三成固然称不上一流将领，但他确实是一位成功的大名，这一点值得肯定。

佐和山城的攻防战开始了，城兵们从一上来便拼命战斗。

无奈的是，兵力太悬殊了。城门处的"太鼓丸"曲轮很快便被东军攻陷。

日暮之际，绕至后方的田中吉政眼看着就要攻破后城门了。

这时，他突然收到了德川家康的指示："我想让石田方面的津田喜太郎前来一叙，你帮我带个话吧。"

德川家康将本阵驻扎在佐和山南面的野波村正法山，正率领东军观看着佐和山城的攻防战。

津田喜太郎清幽年轻时曾投效织田信长，后来则去德川家康的家臣阿部正胜手下听差，十年后又返回了信长身边。信长死后，津田喜太郎成了浪人，流浪四方，四年前到了伏见，由榊原康政从中斡旋，得以被家康召见。

"喜太郎，他是个怪人，你先跟着他玩一段日子吧。"

结果，家康就这样将津田喜太郎塞给了榊原康政，既不是让喜太郎当榊原的家臣，又没有任用他。

后来，石田三成的兄长石田正澄出任堺町奉行，家康便暗中使了些手段，让津田喜太郎投靠了石田正澄。就这样，津田和石田正澄一同去了佐和山城。

需要说明的是，津田不是德川方面的卧底。他是以石田正澄家臣的身份，困守佐和山城之人。

眼下，家康忽想到津田喜太郎此人可资利用。

田中吉政只好暂时休战，派人向守卫水之手口曲轮的石田军喊话："津田仙者可在？"

"仙者"是津田喜太郎的别名。

津田恰好跟儿子重氏在这处曲轮里并肩苦战，遂从曲轮里问道："何事？"

"噢，是仙者吗？我是田中兵部。"

"是我。"

"内府公请你过去，能走一趟吗？"

津田喜太郎沉默了，少顷，他将这意思转告给了石田正澄。

"不妨一见。"

正澄同意了。

于是，津田走出曲轮，到了田中吉政的营地。德川家康的使者船越五郎右卫门景直走上前来，道："久违了，仙者大人。"

"是船越大人呀……"

船越带来了在关原擒获的石田三成手下铁炮队的头领——青木市左卫门。

德川家康是想借青木之口，散布西军惨败关原一事，让他们明白再抵抗亦是徒劳，敦促他们最好痛快点儿开城投降。

船越让他将俘虏青木带回城内。

"没关系吗？"

"没关系。"

他是想让津田从青木口中听取关原的情况，直至服服帖帖。

津田喜太郎道过谢，和青木一同回了城内。

西军败北的确切消息，就这样从青木市左卫门口中传了进来。

敌人大军包围了佐和山城，城内隐约感到盟军失败了，而到了现在，一切希望都破灭了。

就算是万分之一的希望——哪怕一部分西军能来救援佐和山的希望，都彻底落空了。

"没办法喽。"

石田正澄甚至没跟本丸的父亲隐岐守正继商量，直接让津田喜太郎回复船越五郎右卫门——

"若能以我一人之死换取其余将士的性命，那我明天就将此城拱手相让。再就是，我想见一见故人——村越直吉大人。"

船越五郎右卫门带着这个请求回到了家康本阵。他没有将详情告知田中吉政，只留下话说"有消息之前先别攻城"便离开了。

这一来便大大糟了。

但亦有人说，城内给出答复之时，田中吉政刚好没有在场。

时近半夜，船越五郎右卫门让五名随从举着火把，赶往正法山的家康本阵。

田中吉政听说船越回了本阵，遂认定这意味着谈判决裂。

他的随从收到了船越的留言，却不知该如何向主人禀报。田中吉政血气方刚，又一贯倨傲自负，竟宣布道："我们天一亮就进攻！"

同时，回到正法山本阵的船越五郎右卫门将石田正澄的请求禀报了德川家康。家康当场称赞石田正澄的决断："真不愧是木工头！"

家康从某种程度上很认可正澄的"官僚"资质。

"凡是木工头提出的条件，我们一概应允。"

家康同意了石田正澄的要求，决定派村越直吉和彦坂小刑部去佐和山城一趟。村越和彦坂从正法山动身时，天已微微透亮，仿佛剥开了一层薄薄的纸。

第拾伍话

"一口气踏平它！"

田中吉政下令猛攻。他们攻破佐和山城天守阁下方的城门，一路直冲本丸。城兵在防御战中耗尽了全力。

前天夜里家康派来使者，和石田正澄"似乎达成和谈"的说法散布城内。正澄将此事告知父亲隐岐守正继，正继欣然说道："真诚然是上策。很好，咱们就一同切腹吧！"

城内将士的守备和斗志都懈怠了，很快便让敌人冲了进来。

而且，这时似乎有叛徒来到本丸内部纵火。

石田正澄根本不知家康接受了他的条件，只觉得匪夷所思。

他纳闷道："内府哪用得着要这种小花招……"

父亲正继听了，苦笑道："我倒觉得他不是这等人……无奈田中兵部太随性……罢了，反正是完了。"

他给汇集在天守阁楼上的女人、孩子分发了点心，然后由男人们纷纷帮她们了断。

冲进来的不仅是田中吉政的士兵，小早川秀秋的大部队亦从正城门挺进。

石田三成的家臣土田桃云向三成之妻行了一礼，亲手切断了她的喉管，继而泼上早就备好的油。

天守阁的顶端化成一片火海，隐岐守正继、木工头正澄和正澄之妻都在熊熊火焰中自杀身亡。而很多胡乱逃窜的女人则葬身南面悬崖。这悬崖由此而有了"女郎坠"这个名字。

正因目睹了这悲惨的一幕，当德川家康要把近江佐和山城赐给井伊直政时，直政叹道："我真不想去佐和山城……"

他决定在跟琵琶湖湖岔隔湖相望的彦根山修建新城。然而，这位叱咤沙场的武将没等见到新城落成便一命呜呼了。

那是关原之战次年二月的事。直政殁年四十二岁，这恐怕便是在关原追击岛津部队时的重伤所致。

佐和山城陷落一事出了差错，德川家康非常遗憾——没必要让女人和孩子送命。但他又不能责备田中吉政。出现失误的最大原因，是他选定的使者船越五郎右卫门不够周到细致。

船越被家康狠狠训了一通。大抵就是这缘由吧，家康后来没有惩罚石田三成的嫡子——隼人正重家。

当时身处大坂的石田重家闻知佐和山城陷落，便听了大臣们的劝说，逃离大坂，藏进京都妙心寺内的一个塔头①——寿圣院，无奈搜查日紧，寿圣院方面遂跟他商量："莫如由我们出面请罪吧？"

而后，他们出面向家康请求豁免石田重家。家康念着佐和山城的事情，欣然应允了他们的请求。

---

① 寺内高僧圆寂后，弟子会建塔缅怀，往往附设庭院。后亦指高僧隐居的小院。

　　年仅十三岁的石田重家因此遁入空门，修行斋戒，后成为寿圣院的第三位住持。

　　寿圣院本身就是给石田三成之父正继所建的小寺院，想来自是石田重家当上"宗享大禅师"之后祭奠祖父和父母亡灵的不二场所。

　　九月十七日，佐和山城尚自誓死抵抗时，德川家康便向大坂城的西军统帅毛利辉元派去急使，又派秀元家老福原广俊跟随这名急使，而且让他带上了黑田长政和福岛正则的联名信函。

　　福岛、黑田给毛利辉元的信函之大意如下：

　　　　内府公此番出兵美浓，只是要粉碎奉行们的阴谋。吉
　　川广家大人和福原广俊大人挂虑毛利本家的存续大事，一
　　致觉得日后效忠内府公似乎较好。

　　　　故此，我们二人希望您酌情思量。详情均交由福原大
　　人口头转述，望您听取。

　　德川家康的使者到达大坂城，将书信交给毛利辉元之后，福原广俊回答了辉元的询问，讲述了关原的战况和结果。

　　"嗯……"

　　这位西军的统帅低低沉吟，一时间似乎斗志尽丧。

　　关原战败。

　　紧接着，佐和山城陷落了。

　　石田三成、小西行长、宇喜多秀家和其余活着的西军将领悉数落荒而逃……

　　（这下子完了！）

毛利辉元听罢不禁暗暗寻思。他真不是主动坐到这帅位上的。

福原广俊取出一张纸来，递给毛利辉元，只见那上面赫然有着"封土依旧"的字样，却是井伊直政交给吉川广家的那封誓文。

毛利辉元读了之后，登时眉开眼笑，喜道："如此便好！"

这时，养子毛利秀元从关原赶回了大坂城。

秀元亲历了关原之战的前前后后，亲眼见证了德川家谋略的可怕，故而劝道："父亲大人切莫太急！"

德川家康称毛利家可以保留战前的地盘，辉元的大老职务同样不变，希望他像以前那样跟家康一同"辅政"。

秀元觉得眼下万万不可听信家康之言——除非表现出誓死拥护丰臣秀赖、坚守大坂城的决心，然后取得家康的坚定誓约，否则便不可高枕无忧。

毛利辉元同样没打算立刻退出大坂城，他给福岛正则和黑田长政回了封信，大意如下：

> 接得二位之信，甚喜。
>
> 吉川、福原两人幸有二位相助，得蒙内府公之亲切关照。他们旧封地得以存续，让我欣喜非常。我将两位来信的大意告知了大坂城内的增田长盛、前田玄以二位奉行，不知两位是否方便到内府公面前再帮他们美言几句？

西军统帅若是这种态度，想指望大坂城背水一战的西军余党自然就没辙了吧？后来，毛利辉元一直没得到德川家康的亲口承诺，却终归勉强同意将大坂城交到了家康手中。

第拾陆话

佐和山城陷落的九月十八日夜间——

伊吹小屋里的真田草者秘密回到了笠神地区的小屋。

姊山甚八死了，奥村弥五兵卫和伏屋太平则身受重伤，再算上另两名草者和五濑之太郎次，伊吹小屋总共只剩下五人。

关原的决战落幕，壶谷又五郎带去行动的那些草者到底是没返回伊吹小屋。

年逾七旬的五濑之太郎次孤身前去寻了他们几次，但每次都一无所获。

太郎次绝望了。东军搜寻落败武士的眼睛随处都是；以这些落败武士为猎物进行掠夺的土民们更是蠢蠢欲动，十分猖狂。

"看来要过一阵子才能再靠近关原了。"

回到小屋的太郎次告诉奥村弥五兵卫。

"嗯……"弥五兵卫神情黯淡，"只怕又五郎他们都阵亡了。"

"不会吧，眼下只是暂时不知情况……"

"不，如果他们活着，肯定会回到小屋的吧？而且，太郎次……"

"啊？"

"如果搜寻落败武士如此严厉，我们恐怕就不能留在这小屋了。"

这是自然。这里离东军以前的赤坂大营很近，万一有落败武士逃至小屋附近，追赶他们的东军搜索部队肯定会来到这里的吧？

"好……就这样吧！"弥五兵卫把心一横，"今晚就搬到笠神小屋吧！"

"你不要紧？"

"我嘛，好歹撑得住。"

伏屋太平的伤是最轻的，弥五兵卫跟另两名草者则是身受重伤。

"若是在笠神小屋，估计能躲到伤愈吧？来，赶紧吧。"

弥五兵卫挣扎着站起，鼓励伏屋太平等人："事情尚未结束……记着，在得知上田的老大人和左卫门佐大人的安危之前，我们绝不能死！"

"从笠神小屋把佐助叫过来吧？"五濑之太郎次建议道。

弥五兵卫制止了他："不，不可。现在不能让他无谓行动，做了也白搭。"

姊山甚八的尸体入土了。

夜色中，五名草者离开小屋，赶往笠神。

五濑之太郎次负责带路。走山路的话，从伊吹小屋到笠神小屋大概有十里路程。

若依草者平素的脚力，那根本不在话下，但五人中有三人重伤，所以连奥村弥五兵卫都拼尽了力气，道："无论如何都必须在天明前赶到笠神小屋。"

他们没点火把，四个人抓着最前面的五濑之太郎次腰上系的绳子，爬一样沿山路上上下下。刚到笠神不久，便有一名年轻的草者因失血过多昏了过去。他们这一路上的艰辛，由此不难想知。

总算是到了笠神。

天空开始泛白。

向井佐助迎进这几乎栽倒进来的五人，继而去地下仓库告知阿江："阿江，弥五兵卫大人来了。"

"什么？就弥五兵卫一个人吗？"

"不，有五个人……"

"又五郎大人呢？"

"没见着。"

"啊……"阿江登时绝望了，呻吟道，"难道是输了……"

阿江和佐助一直没再出小屋，所以不清楚关原的情况。他们只是一味等着伊吹小屋的消息。此际，阿江一听说没见到壶谷又五郎，只有奥村弥五兵卫等五人到达时，便洞悉了一切。

弥五兵卫来到了地下仓库，说道："阿江，你真的还活着？"

"弥五兵卫！"

他们互相叫着，紧紧拥抱，泪如雨下，。

少顷，阿江问道："弥五兵卫没跟着又五郎大人去战场？"

"嗯。"

弥五兵卫点了点头。

他觉得当下绝不可说出率十四名草者袭击德川家康从岐阜赶往赤坂的队伍、杀掉影武者一事。若说出来，阿江定会自责她在长良川偷袭家康的行动。

　　阿江偷袭一事经由佐助之口告诉了太郎次，而太郎次只告诉了
弥五兵卫一人。听罢，弥五兵卫直到现在都觉得"干得漂亮"……

　　"听说你去长良川刺杀内府了呢，太郎次听佐助说的。"

　　"是，我做了件越位的事……"

　　"哪儿的话。不愧是阿江呀，干得不错！"

　　"弥五，赶紧疗伤吧……"

　　阿江站了起来，她恢复得挺不错了。

　　伏屋太平和另三名草者相继来到了地下仓库，佐助给他们包扎
伤口，喂他们吃汤药。奥村弥五兵卫的伤则由阿江护理。

　　"弥五……"

　　"嗯？"

　　"这样就不碍事了，死不了啦。"

　　"是吗？十分感谢。"

　　"往后会怎么样呢……"

　　"嗯……"

　　"上田的老大人和左卫门佐大人要承担战败的结果了。"

　　"是啊……"

　　"家康那边如何？"

　　"好像忙着攻打佐和山城。"

　　"可恨的家伙！"

　　"所以说，阿江，咱们这些人往后是很重要的。"

　　"嗯。"

　　"话说回来，阿江，你独自一人就把内府公逼到那个份儿上……"

　　"就差一点点了……"

"是呀。所以，就算以后只剩下我们几个了，但总能斗上一番的吧？"

回想着那次突袭，弥五兵卫有了自信。

"嗯、嗯……"

"喂，阿江？"

"明白了，我不能消沉下去！"

"对！"

"可是……"

说到一半，阿江凝望着弥五兵卫的双眼变黯淡了。

"嗯？"

"又五郎大人……"

弥五兵卫背过脸去，闭上双眼，说道："死心吧。"

阿江不答，将手里的汤药喂给弥五兵卫。

弥五兵卫一直闭着眼睛。他那紧闭的双眼中，有灼热的东西溢了出来。

一名年轻的草者突然剧烈喘息。

见状，五濑之太郎次喃喃说道："他不行了。"

地下仓库中充斥着血腥味儿。

"我……我又死不成了……"

阿江无比悲痛。

只听弥五兵卫说道："希望你抱着死的信念，活下去吧！"

恰是这时，那个年轻草者归天了。

第拾柒话

在这笠神小屋中活下来的真田草者一共六人。

算上刚才咽气的那人，关原之战中总共死去了二十个草者。

而且，下久我的忍宿正由权左一人留守。

"下久我、长曾根、笠神，只剩下这三个地方没被甲贺耳目查出来了，我们不能就此罢休！"奥村弥五兵卫对阿江说道，"万一有何不测，上田的老大人和左卫门佐大人总得有个藏身的地方。"

"确实，如果大坂方面战败的话……"

"不，那还早着呢。"

"哎？"

"大坂城还在。"

"不错……"

"所以，接下来不会没仗打的。"

阿江缓缓摇头，轻轻嘟囔了一句："但是……"便沉默了。

她似乎不再对西军的团结抱有希望。

"我去打探一下之后的状况吧？"向井佐助忽然提议道。

"不行。"阿江用锐利的目光看着佐助，"在这里如坐针毡当然不是办法，但我们真的不能再折损一个人了。"

弥五兵卫赞同道："说得对。无论如何，我们必须尽早把伤养好。"

天亮了，雨迷迷蒙蒙的，就像是雾。

"佐助，你先去这小屋周围转转。"

弥五兵卫吩咐道，佐助连忙去了外面。

之后，弥五兵卫道："如果就这样变成了德川家的天下，上田的老大人和左卫门佐大人会怎样呢？"

"这……"阿江登时无语，"只怕他们二位连性命都难保了。"

"嗯。"

"我们得有个思想准备。"

"但是，沼田的伊豆守大人会去请命的吧？"

"向家康？"

"对啊。"

"那是白搭。家康不会同意的。"

阿江不抱一点侥幸的念头。

"你说得太无情了吧！"

弥五兵卫突然激动起来。大抵是身负重伤，体力和精神都衰竭了的缘故，奥村弥五兵卫总是忍不住借推测寻求希望。

"罢了，弥五……"阿江把双手搭在愤然瞪着她的弥五兵卫的肩头，"来，该睡觉了。"

"不，别管我，请不要管我！"

"生我的气了？"

“你也太……”

“弥五兵卫，你……”阿江苦笑道，“壶谷又五郎大人死了，弥五兵卫往后就是我们的依靠了呀。”

“不，这都不一定呢，他没准就在哪里活着！”

弥五兵卫情绪激动，言辞激烈，阿江决定不再拗着他了。

看着弥五兵卫睡去，阿江才向五濑之太郎次招了招手。

“这次你干得不错！”

“哪里……到底是年逾七旬的老骨头，不能再随心所欲喽……”

“不，才不是呢。往后不许你再说这种话了。”

“啊？”

“以后，希望你跟我们共同执行任务！”

女忍者阿江的斗志让太郎次瞠目结舌。

“我们要在这小屋里休养，所以想麻烦你去趟京都。”

“去京都？”太郎次匪夷所思，“去京都做甚？”

“我想请你准备一处能和我一起住的房子，费用我手上有。”

五濑之太郎次从未做过战忍，甚至从未拿起武器同敌人战斗。他的任务总是看守忍宿、负责侦察和联络。因之，太郎次对化装商人、百姓、行脚僧等各种身份非常拿手，而且精通各种相关技能。譬如化身流浪画师之时，他就能随手泼墨。他甚至能将男女老幼等十几种嗓音运用自如。

“天下大势总会有新的变化，但我们永远都要当真田家的草者！”

“是！”

“万事宜早不宜迟，我想趁现在先在京都街上准备一处忍宿。”

“明白了，我明天就去京都。”

五濑之太郎次那沟壑纵横的脸上有了血色。

"拜托了！"

"是。"

"那之前再去一趟下久我吧，把这件事情告诉权左。"

"我明白了。"

独自看守下久我忍宿的权左都快八十了，他现在肯定正在下久我的忍宿中焦急万分，坐立不安。

"我想尽早去看看上田的情况，可这身体还不能动弹……"阿江说得虽然镇定，表情却是急不可耐，"眼下能动弹的就只有太郎次和佐助了。"

"要不我去看看上田的情况？"

"不，相比之下，先去京都比较好吧。"

不知阿江怎么想的，她非常迫切地要在京都设立忍宿。

睡在逼仄的地下仓库里的伤员们无意识地接连呻吟。

向井佐助回来了，报称没有异常。

阿江道："我想这里暂时没事，但不可大意。眼下这段日子里，最重要的就是你一定要处处留心……"

"是。"

"现在全靠你和太郎次了。"

"阿江，你该换药了……"

"佐助，跟这个比，更要紧的是快给我煮点热粥呀。我必须一点点填饱肚子，恢复一下元气才行呢。"

第五章　裁决

第壹话

攻打佐和山城之前，德川家康发布了一道命令——

不论百姓、町人，凡捉到石田三成、宇喜多秀家、小西行长、岛津义弘者，除了正常赏赐，更加赠"永久免除劳役"的恩典。如果生擒不成，斩杀亦可，如此则赐金百枚。倘有藏匿三成等人或知情不报者，不仅本人，同族同地者悉数处罚。

家康的这道命令遍及各处村庄、城镇。

以关原为中心的伊吹山山麓的小道和山道上，西军逃亡武士的尸体随处可见。那些尸体的铠甲均被撕裂，刀、枪、金子都被洗劫一空。

这不仅仅是瞄着逃亡武士们的草寇所为。百姓和猎户们都觉得机不可失，开始进行掠夺。

看来，搜查石田三成等人一事，不仅是东军，包括那些贪图赏赐者都红了眼睛。

佐和山城陷落的次日——十九日，德川家康将本阵从正法山挪至草津。正是这一天内，小西行长被活捉了。

之前，小西行长辞别了跟随着他逃离战场的家臣，独自逃到了伊吹山山麓。

如果有好几名全副武装的逃亡武士一同行动，那肯定会立刻被人察觉。最好的办法是将血迹斑斑的甲胄脱下扔掉，分散逃亡以避免惹人注目。

石田三成和行长一样，孤身跑到伊吹山的山麓一带。

岛津部队撤退之时，没有勉强逃进伊吹山山麓搞得七零八落，而是全军保着岛津义弘果断冲进敌军，便是因老将岛津义弘害怕会和行长、三成一样踏上逃难之旅。途经伊贺山中的岛津部队虽只剩下几十个人，仍驱散了前来袭击的几十名草寇，将岛津义弘平安送抵大坂。

小西行长只身彷徨山中，满脑子都想着要回大坂，却是全无办法。东军搜得很紧，他上不了大路不说，又不敢去村落露面，结果弄不到食物，疲惫不堪。

就在他要躲到伊吹山东面的山里之际，庄屋（村长）瞧见了他。另有一说，称行长是主动喊住了一名附近山寺的僧人。

总之，见到行长的那人不想跟他有何瓜葛，遂说："就当我没看见你，快逃走吧。"

"不，我是小西摄津守！"

行长自报家门，对方（就当他是庄屋吧）登时大吃一惊，因眼下无论如何都难以逃脱，只得劝道："那你不如自行了断了吧……"

只见行长面带绝望之色，悠悠说道："我是天主教的信徒，天主教的教义不允许自杀，所以我是无法这样做的。落到这般田地，真是没有办法……能不能带我去东军的大本营呀？"

庄屋接受了行长的请求，开始寻思去家康大本营的事情。他似乎担心行长一路上会有人身危险。毕竟，小西行长的脑袋是带赏赐的。

仔细思量之后，庄屋将行长带回家中，给他吃了粥饭，这才去竹中重门的营地报告此事。竹中重门是这一带的领主，深谙附近地形。此事前文曾有介绍。因之，重门担任了东军侦察队的指挥官，关原之战一结束便立刻展开行动。

就这样，小西行长被丹后守竹中重门押到了草津的家康大营。

德川家康当场将光忠名刀赐给重门，说道："关原是丹后守的封地，我拿它当了战场，真是糟蹋了。"随后又赐给他大米千石。

不消说，庄屋同样得到了赏赐。

小西行长是堺的药材商人小西如清之子。父亲如清本身是堺的巨贾，又跟丰臣秀吉渊源颇深，无怪乎得以活跃政坛。

行长最初是跟随宇喜多秀家的，后来听从父亲劝说，当了秀吉家臣。他跟石田三成不分轩轾，都取得了令人瞩目的业绩。朝鲜战役中，行长和父亲如清共同渡海，齐心协力为协调和谈奔波。

而且，小西行长和石田三成一样爱护部下。正因小西部队在关原的英勇奋战，关原战场上的西军才呈现出奋勇杀敌之势。

行长是一名虔诚的天主教徒，此事尽人皆知。他的教名是德·奥古斯汀。正如西方宗教史上所载："日本基督教的守护者德·奥古斯汀，是一位难得的可靠之人……"

就日本基督教的布教而言，他无疑是一位最得力的人物。

行长深受丰臣秀吉的信赖，荣膺肥后国宇士城的城主，封地二十四万石。他跟石田三成的交情姑且不论，单就武将的素质而言，行长就远远了超出三成。

小西行长多谋善断。关原之战前夜，看到三成对夜袭赤坂一事犹豫再三，他曾脱口说道："治部大人事事都要密而不疏，这固然不错，但打仗是不一样的。战争是会让人着魔的。我们要顶着这魔性，抓住战机。岂能像摆弄公函、推敲政令那般行事！"

单看行长这几句话，就不难对其武将的禀赋略窥一斑。

德川家康根本不见被送来的小西行长，直接将他关进了草津的临时牢房。

家康现下正忙得不可开交。关原之战取胜的当夜，他向日本各地散播了胜利消息，宣布接下来的目标是进军大坂城，继而不断下达命令，派出使者。

家康一进大津，便吩咐福岛正则、池田辉政和浅野幸长负责整肃京都治安。

他早就向天皇和朝廷送去了捷报。

是日，笠神小屋的五濑之太郎次剃了个光头，扮作僧人前往京都。

翌日便是九月二十日了。

德川家康离开了近江的草津，抵达大津。所以，小西行长又被送去了大津。

家康到达大津时，先行抵达的敕使正等着"慰劳"他呢。

天皇和朝廷不得不承认德川家康的实力了。

家康从草津动身之际，老臣本多忠胜向上州沼田城派出了急使，通知女婿伊豆守真田信幸速速来京。

按说战争都取胜了，根本不需要派出五名使者，但忠胜小心再小心、谨慎再谨慎——对真田信幸来说，这件事委实太重大了。

“就当是要奔赴战场吧。要抓紧时间，分秒必争！”

本多忠胜对使者们吩咐道。

到达大津城的德川家康听说小西行长被活捉了，立刻吩咐留守佐和山城的田中吉政加紧搜捕剩下的石田、宇喜多、岛津三将。

家康离开草津之后，沿中山道赶来的德川秀忠的第二军总算到了草津，只得又十万火急赶往大津。

然而，家康不能对没赶上决战的儿子笑脸相迎。他命人转告紧跟着赶来大津的秀忠——

“不见！”

第贰话

昔日，织田信长曾认定家康的长子信康有谋反嫌疑，家康欲消除嫌疑，不惜命长子切腹。那可是他最钟爱、最寄予厚望的长子！

却说德川家康扎营大津期间，出了下面这样一件事情。

之前，家康不是让福岛正则、池田辉政和浅野幸长去整肃京都的治安了嘛，结果福岛正则就调了一支军队给嗣子——伯耆守正之，让他赶赴京都。

他觉得"用不着"亲自走这一趟。

关原之战获胜以后，福岛正则总是觉得好没意思……跟战前相比，德川家康对待他的态度简直判若两人。

关原之战前，无论遇到何事，家康都会说"请跟清州侍从商量"或"清州侍从的意见怎样"，逐一征求正则的意见。包括家康从江户西上时接连派向先锋部队的使者所带信函之中，最受重视的都是福岛正则。

正则感觉不赖。兴许就是这缘故吧，从清州到岐阜，从岐阜到赤坂，再到关原的辗转征战，福岛正则一直披坚执锐，奋勇当先，表现得煞是勇猛。

结果，家康变了，变得像是以主人的身份来对待正则。

家康的随行医生板坂卜斋曾这样说道："关原之战结束前，众大名根本不听内府公指示，只敬他是天下大老。他们都觉得天下之主只有大坂的丰臣秀赖。不仅众大名，包括底下众人都觉得这是常识。"

然而，关原之战一旦取胜，家康的一言一行便都带上了"日后将由我治理天下"的意味，所有人都将这件事看得清清楚楚。

（咦……）

福岛正则无论如何都想不明白。正因是帮丰臣家"平定"石田三成等人的叛乱，正则才会助阵家康。他的本意绝不是要让家康当上号令天下之人。不管再怎样被家康器重，再怎样被家康青睐，正则都不会为内府公而战。他是为了秀赖公才去作战的……

正则忐忑不安。就算他抱有"内府公不会觊觎天下大权"这种信念，但只要看到转眼间威望加身的家康，便忍不住暗自嘀咕。

（难道他真的……）

这担忧挥之不去。

家康宿营大津期间，福岛正则因京都的嗣子正之有急事而派出使者。该使者纵马来到三条大桥时——

"不准擅进京都！"

负责守卫三条大桥的，是德川家康的家臣——伊奈图书。他拦下了使者。

伊奈图书不顾使者再三自称是"清州侍从"之使，断然回道："这我知道，但我们奉主公禁令，不放任何人进京，故无法让你通行。"

使者无奈，只得跑回大津将此事报知正则。

该使者的名字是佐久间嘉右卫门。

他报告完毕便退了下去，因出使受辱，毅然切腹。

福岛正则勃然大怒，仿佛忘了德川家康之前的谦恭态度，吼道："狗东西！内府的家臣竟敢羞辱我的家臣，害得他切腹身亡……"

正则抱着家臣的人头，愤然去大津城寻见家康，追问道："您打算如何了结此事？"

家康眉头一皱，只得答道："是我手下的人不对。"

正则立刻说道："那好，希望您让伊奈图书切腹！"

因佐久间切腹身亡，家康将伊奈图书召回大津，询问情由。

伊奈自称只是忠实执行主公的命令，实无切腹之由。

确实没有让他切腹的道理。

家康踌躇良久，到底是扣下伊奈图书，将他杀了。

家康别无选择。

这种时候，难道要激怒福岛正则？

昔日，织田信长曾认定家康的长子信康有谋反嫌疑，家康欲消除嫌疑，不惜命长子切腹。那可是他最钟爱、最寄予厚望的长子！

伊奈图书怕是难以理解家康对他的处置。然而，德川家内凡是知道家康曾让信康切腹之人，都会体察家康暗地里的苦恼。

家康将伊奈图书的人头交给了福岛正则。

这意味着家康向正则屈服了。

正则的愤怒总算平息。兴许，他是觉得不宜再任由内府放肆，才特意给他提个醒吧。

事件不大，却恰恰足以让人了解关原之战刚结束时，家康对待正则的态度。

第叁话

石田三成让女婿福原长尧留守的大垣城同样陷落了。

攻打大垣城的是德川家康的重臣水野胜成——三河刈屋城主。

因城内出了叛徒，三丸和二丸相继被东军拿下。福原长尧坚守本丸，顽强抵抗。

"不要无谓流血，劝他们开城好了。"

正当水野胜成一筹莫展之际，家康派人说道。水野胜成遂将大垣城下的禅僧派向本丸，让他说明开城的利害得失。

福原长尧本就知晓关原吃了败仗，继续抵抗自是了无裨益。

"就这样结束吧！"福原毅然说道，"我是治部少辅的亲戚，没想过能留得一命，但士兵们一直不顾性命，浴血奋战……若内府公能饶恕他们，我同意开城投降。"

水野胜成答应了。

开城投降后，福原长尧剃了光头，被水野的侍从送至伊势国的朝熊山，静待家康裁决。

水野胜成设法从中说项。

跟逮捕福原送至家康本阵相比，他好像觉得让对方出家当和尚更能化解内府公的愤怒。

然而，德川家康没有答允。

"他确实是个勇敢果断的人，万望饶他一命……"

水野胜成匆匆赶到大津本阵，讲述了攻防大垣之际，福原长尧那明智的态度，拼命请求将此人赦免。

"哪能出家就算了啊？赶紧让福原切腹！"

家康的态度坚决，不肯答应。

水野万般无奈，只得赶到了朝熊山。

"很遗憾……"

"没事。从内府公的角度来说，这不是理所当然之事嘛。"

福原面无惧色，切腹身亡。

这是九月二十八日的事情。

一日之前，德川家康成功拿下了大坂城。

小西行长和安国寺惠琼相继落网，福原长尧的岳父——治部少辅石田三成——同样被活捉了。

三成的经历几乎跟小西行长如出一辙。

离开战场奔向伊吹山时，石田三成犹自带了几十名侍从。但大家毕竟是逃难山间，所以渐渐分散，最后只剩下了三名近臣。

"我们分开了各自逃吧，回大坂见。"

因为搜查得紧，石田三成说服了那三个人，在山中分开。

这一带距三成的出生地石田村很近，但要下山去村里的话，难保无虞。

田中吉政的搜索滴水不漏。

这样一来，就只好从琵琶湖北岸绕道翻越比睿山了——三成这样盘算着，好不容易走到近江伊香郡古桥村附近的山路上，却倒下了。

他患了痢疾重症，身心的衰弱使他无法再走。

跟小西行长不同，这一带本来就是三成的封地，所以他谙熟地理，只是一时间无计可施罢了。

大大小小的山路尚未像现在这样在山中铺展，所以当时人们所走的路和所生活的场所都是很固定的。

那个时代自然无法悄悄下山来买食物。如果不想被人看到，就只有藏到深山中无路可寻的地方，但那样一来便无法弄到吃的。

秋季的近江山间，如果只穿着随身衣物在冷意沁人的夜里过夜，再如何坚强的男人都只有坐以待毙。

伊吹山里早就降雪了。

石田三成无法忍受，只得下山来到古桥村一处名唤"三珠院"的寺庙，寻求庇佑。

三珠院是供奉三成亡母的菩提寺，住持善说和三成一直大有交情。深夜造访的石田三成那落魄潦倒的模样让善说大吃一惊，但他没有拒绝。三成至此总算是睡进了人类的家中，得以喝上热乎乎的粥和汤药，暖了暖身子。

然而，这里是有人的村落。

古桥村地处琵琶湖北岸，其西方一里有余便是著名的贱岳——丰臣秀吉和柴田胜家一决胜负之地。

北近江的平原和山地相接，那平原的尖端便是古桥村了。

这样的村落里，但凡出现一个陌生面孔，便一定会引人注目。

善说和尚无法彻底隐瞒石田三成的踪迹。而且，三成无论如何都想去大坂，他坚信关原一役，西军尚未全军覆没！

所以，善说秘密请来当地一位老翁——与次郎太夫，将藏匿三成一事如实相告。

"好吧。"

与次郎太夫立刻同意将三成带走，他决定将三成藏到自家附近的山洞里面。此际，三成那极其衰弱的身体上裹着平民百姓的衣服，让人不忍卒睹。

"无论如何都要打倒家康！"只有这一个念头兀自支撑着他。

石田三成根本没有要扳倒家康、亲自出任天下人的念头。他只是早早识破了家康的野心，坚信若不打倒家康，丰臣家便岌岌可危，所以才会毅然举兵。纵然这次兵败是自身的才能所致，三成的这一初衷却毕竟从未变更。

眼看着福岛正则等深受丰臣家大恩的大名们被德川家康巧妙的策略笼络，三成只觉得他们真是何等愚蠢。莫如说，他甚至有些目瞪口呆。

（这些人为何就看不穿内府的心思呢……）

三成接受了与次郎太夫的好意，藏进山洞，盼着身体能早日康复，但这处山洞又哪里逃得出村民们的眼睛？

不止是藏匿三成之人——这样下去，就连这村落的村民都要被处刑了！

所以，与次郎太夫是无法独自将他藏稳妥的。

石田三成思来想去，觉得再藏下去定会连累众人。这不是他的本意，因而，他下定了决心——

　　当然，我们不排除他病弱不堪，难以走路，自知根本无法逃脱的可能。三成之所以患上痢疾，据说是逃难山中时空腹难耐，吃了生稻穗的结果。

　　经三成劝说，与次郎太夫将这件事报告了田中吉政。

　　吉政立刻派出家臣，命其逮捕山洞中的石田三成，送往井口村。

　　井口村位于古桥村南方半里。田中吉政来到此地，看见憔悴不堪的石田三成之后，忍不住背过脸去。

　　田中吉政最初曾是宫部继润（丰臣家地方官）的手下，后来又做了丰臣秀次的家臣。因之，他跟石田三成的关系颇近。秀次死后，吉政能当上丰臣家的地方官，其实全赖三成举荐。

　　如此说来，石田三成自是吉政的恩人。

第肆话

被送至井口村的石田三成躺在青竹上铺了板子的临时担架上，由田中吉政的士兵抬着，走山路下山而去。

三成的手脚没被束缚。指挥护送队的吉政家臣是一位老练的士兵——野村传左卫门，他擅自就此事进行了安排。

这个野村大概非常了解主人吉政跟石田三成的亲密关系吧。他以前曾担任吉政的使者，屡次被派遣到石田三成那里。

据说，仰躺洞内的治部少辅三成见到被与次郎太夫带进来的野村，一时亲切笑道："嘿，是传左呀……我这副样子，不用绑都不会逃喽。"

"我奉主人兵部大辅之命前来。"

野村传左卫门只简单自报一句，而后便几未开口。但他对待三成确实情真意切，宛若服侍主人一般。

见野村如此小心将三成送回，田中吉政非常高兴。

"传左……"

在被从古桥村外的山洞运往井口村的途中，担架上的石田三成
喊了一下骑马随后的野村传左卫门。

"嗯？"

"佐和山如何了？"

"失陷了。"

"木工头呢？"

"听说是切腹了。"

倘若兄长木工头石田正澄在本丸的熊熊大火中自杀身亡，只怕
父亲（正继）和妻子都会跟他一样……

石田三成的嘴角，笑意微漾。

"都完喽！"

他只说了这么一句，便沉默不语了。

田中吉政率众来到井口村畔，迎接石田三成。

"治部大人……"

吉政策马上前，唤道。

"田兵？"石田三成冲他点了点头，苦笑道，"你们胜了！"

"田兵"是三成对吉政的惯称，由"田中兵部大辅"省略而来。

"不，哪里……"田中吉政只说了一半便不再说了，"治部大人
率众将和内府公一决雌雄，此事定将名垂千古，脍炙人口。"

"过奖了。"

"胜负乃兵家常事。"

"不错……"

"所以，您不必懊悔。"

"嗯。"

石田三成对待田中吉政的态度轻松随意，一如既往，全无半分羞怯。吉政亦然，虽被直呼"田兵"之名，脸上却没有不悦之色。

"虽说旧话无须重提，但我蒙太阁殿下重恩，一心扶助幼主，欲联合上杉、宇喜多、毛利诸家共谋天下安泰……关原失利，当真让人遗憾！"

吉政没有作答，只默默跟在三成后面。

"会落到眼下这般田地，想想其实都是报恩所致，所以我倒不如何后悔。"

石田三成言毕，吉政点了点头，始终没有看他。

田中吉政将三成安顿在提前预备好的井口村一户民房里。虽说德川家的耳目众多，吉政却无意给三成套上哪怕一根绳索。

"田兵，来一下……"

三成进了民房里间之后，对依然跟在身后的吉政招手说道。

只见他拔下腰间短刀，交给靠近了的田中吉政。

"传左，你没把这个没收呢。"

三成笑道。吉政同样微微笑了。

"来，能替我保管这个吗？这是殿下赐给我的贞宗宝刀。"

"这个嘛，我觉得就这样由您带着最好。"

吉政无疑是话里有话——若三成有意自杀，他定会玉成此事。

假如三成接下来真被带往德川本阵的话，那就不仅仅是身体被缚了。西军统帅三成那羸弱不堪的身体不光要被五花大绑，更要忍受东军诸将得胜后的奚落目光。

这让自尊心颇强的三成情何以堪！

（若蒙受这般屈辱，倒不如自杀了吧……）

　　田中吉政因而暗暗盘算该如何帮三成自杀。

　　结果，被派去迎接三成的野村传左卫门竟默许三成的腰上带着贞宗短刀。

　　（正合我意……）

　　见状，吉政本打算在这井口村的民房里佯装没看见石田三成自杀时所需要的刀具，哪知三成竟要把这短刀送给他！

　　"不，这该一直由您带着的。"

　　吉政的话里意味深长。三成似乎立刻明白了他的用意。

　　"我不打算自杀。"他直言道，"田兵，这是我的遗物，希望你欣然收下。"

　　"可是……"

　　"我们不是老朋友嘛！要是你肯收下，我会很高兴的。"

　　三成都说到这个份儿上了，吉政只好收下。

　　"那好吧，恭敬不如从命……"

　　"你肯收下了？"

　　"嗯。"

　　贞宗短刀被三成交到了吉政手上。

　　是夜，田中吉政劝三成吃药喝粥，殷谨对待三成。他打算利用将三成送交本阵之前的这段短暂时间好好照顾一下三成。

　　"我就算再喝汤药都不济事喽。"

　　最初，三成拒绝了。

　　吉政劝道："无论未来是死是活，都要保养好身体。切莫随意！"

　　"这话倒是不错……"

　　于是，三成老老实实地吃了粥，喝了汤药。

九月二十二日，田中吉政见石田三成的体力有所恢复，这才决定将他送至大津的德川本阵。

"若有机会的话，真想再将他留下十天……"

据说吉政对野村传左卫门如此说道。然而，他必须将擒获三成一事报知本阵。送走三成之前，田中吉政吩咐野村传左卫门："将擒获治部少辅一事报告本阵吧。"让他先行一步。

从马不停蹄赶到大津的野村那里获知三成被擒的消息，德川家康登时喜不自禁，笑道："兵部大辅干得好呀！"

野村传左卫门快马加鞭，二十二日便到达了大津。石田三成被送到本阵，则是二十三日的午后了。

第伍话

被送至大津德川本阵的石田三成跟相迎的东军诸将之间流传着很多故事。

抵达大津时，三成在本阵前被五花大绑示众，以儆效尤。

从他面前走过去的福岛正则憎恨地骂道："搅乱天下的罪大恶极之人！"

而三成亦不示弱，回道："你忘了太阁殿下的大恩，你才是形同禽兽。既是禽兽，你不如就爬着走吧！"

当背叛西军的小早川秀秋走过时，石田三成唤住了他："中纳言，等等！"将痰啐到了秀秋脸上。此事不知真假。

却说德川家康迎来被送到的石田三成之后，打定了主意，一定要精心招待决战中落败的各位敌将。

他没有在三成面前出现，而是让本多正纯去审讯三成。

本多正纯是家康唤作"伙伴"的老臣佐渡守本多正信的长子。因父亲的关系，他自年轻时便在家康跟前听差。

才干颇受器重的本多正纯时年三十六岁。见家康将三成的身家性命交给自己，他自是相当振奋。

开始审讯三成是入夜以后。前些天，家康给三成送来了医药、窄袖和服、和服裙裤，让他梳理好头发。被带到本多正纯面前的石田三成镇定自若，看向正纯的眼神中明显带着"这样的年轻人懂什么"的神色。

见状，正纯怒火中烧。

"你此次无端挑起战乱、祸害天下，意欲何为？"

三成嘴边漾上浅笑，不予回答。

本多正纯的脸眼见着涨红了。

少顷，三成反击道："你难道忘了我先前曾跟众大老、奉行商量如何安治天下的大事？我这一切都是给年幼的秀赖公做的。正因不忘此事，我才会毅然举兵！这些背景，内府又不是不知。"

三成似乎想说这装模作样的审讯可笑之极。

一瞬间，本多正纯沉默了。

三成乘胜追击道："你到底是个陪臣……"

所谓"陪臣"就是"家臣的家臣"——德川家康是丰臣秀吉的家臣，而本多正纯又是家康的家臣。

这便是三成说他是个"陪臣"的道理。

"你到底是个陪臣，难免会形同井蛙。大海尚且不知，又安知天下安危！你如何懂得我治部少辅的文韬武略！"

看看石田三成这劈头盖脸的呵斥，一时间真分不出哪个才是败军之将。

血色从本多正纯一度涨红的脸上消退了。

　　"但是……"看着面色苍白、定定瞪着自己的正纯，三成的话音变和缓了，"但是，将大老、奉行和各位将领拉下水的毕竟是我治部少辅。他们无一不持犹豫，是我游说、说服他们举兵的。所以，要被追究责任的只我一人。东军既然顺利获胜，再加罪于我们这边的人又有何益。望你转告内府，只砍我治部少辅一人的脑袋好了。"

　　"哼，你这话说得真怪。"本多正纯意欲反击，"按你刚才所言，是你以鲁莽的策略煽动诸将，惹出此等大事喽？"

　　石田三成悯然看着正纯，说道："随你说吧。"

　　"你说什么！"

　　"重复这种手法又有何益。胜者为王败者寇。眼下再说一切都是枉然。"

　　"你总是能言善辩，"正纯第一次对三成报以冷笑，"却连人心都弄不明白，草草举兵，才落得众叛亲离。而且，你丢弃了战死关原的将士，恬不知耻独活下来，直至被人生擒，这些亦是韬略？"

　　"唉！"三成深深一叹，又带着几分调侃之意，说道，"我苟活至今，只是要去冥土向殿下报告此次战争的始末。你刚才的话，我同样会悉数奉上的。"

　　正纯又一次满脸通红。这回他真是忍无可忍了，开始厉声诘问三成。

　　哪知三成却不再开口。

　　石田三成的待遇从这天夜里来了个大逆转。家康让本多正纯看守三成，正纯的暴怒自然会体现在三成的待遇上。

　　被押进大津临时监狱的石田三成，其双手被反剪着用铐链铐在身后，据说连寝具也不给他。

更有传言说他甚至被套了颈枷，包括脑袋都动弹不得。

在这处临时牢房里，石田三成和先前被捕的小西行长重逢了。

三成被送至大津的同一天，藏身京都的安国寺惠琼亦被捕了。

三成被押进临时牢房之际，德川家康耐不住老臣们的交口劝解，允许儿子秀忠来见。

家康依然留在大津本阵，推动大坂开城之事。他希望和平走进大坂，不想再看到流血和动乱。倘若他以武力攻打丰臣秀赖栖身的大坂城，那些残存的丰臣系大名势必不会袖手旁观。

那样一来，情况便会无可挽回，变成"德川攻打丰臣"……

家康将失去"以丰臣家大老的身份征战关原，扫平祸乱天下之人"的大义名分。

而且，一旦在大坂开战，抱着执著的信念活下来、最终被捕的石田三成和小西行长那微渺的希望就会兑现了。

福岛正则和黑田长政接到家康指示，继续就家康进驻大坂城一事向守卫大坂城的毛利辉元进行交涉。

到了二十二日，毛利辉元终于对井伊直政、本多忠胜、福岛正则、黑田长政提出："若可保住毛利家的领土安泰，或可将大坂城的西之丸交给内府。尚望内府起誓今后对我们表里如一，不存异心。"

四人遂给毛利辉元送去誓文，内云："我等送上的誓文里没有虚言伪饰。内府公对安芸中纳言（辉元）绝无半点异心。我等四人特对此起誓。"

见状，辉元似乎放下了心。

他很天真——太天真了。

第陆话

大老毛利辉元离开大坂城西之丸，回到木津的毛利府邸之际，养子毛利秀元曾提出反对——只要内府公尚未亲自担保，就不宜将大坂城草草交给东军。

然而，毛利辉元觉得井伊、本多、福岛、藤堂等人领受密旨，屡次立誓保证，若再怀疑此事，只怕会惹家康不快。

他害怕这个。结果，德川家康兵不血刃接受了大坂城。

那是九月二十七日下午的事。

之前，家康部队来到草津时，见到了从京都前来的敕使。

敕使带来了天皇的圣旨，略云："此番兵祸，朕甚忧切。内府因平上方之乱，舍关东强敌而西，断然一决雌雄，实自古罕见之功。尚望再接再厉，保日本国土丰饶。"

家康答道："因丰臣秀赖尚幼，致有逆臣祸乱天下。吾特激励诸将军建功立业，击退暴徒。四海咸将大定，此事不容置疑。望将此消息启奏陛下。"

倘若西军获胜，敕使没准便会把这圣旨交给石田三成，而三成肯定会对敕使作出和家康相同的回答。

家康又往大坂城的丰臣秀赖和淀殿处派去使者，告知："此次兵变，秀赖公和淀殿方面诸位均无责任。"

淀殿方面的高兴和放心登时非同一般。

德川家康一进大坂城，便命儿子秀忠去往二丸，将西军诸将在大坂的府邸付之一炬。接着，家康对毛利辉元提出："岛津义弘逃往萨摩，亟须征讨。我欲将德川秀忠派往广岛，请你先在沿道诸城布置好警备士兵。"

这话不是出自家康之口，而是通过井伊直政下的通知。

而且，他提出了强硬的要求，譬如要毛利家的重臣们交出儿子来当人质，希望将毛利夫人送到大坂府邸，毛利辉元需担任进攻萨摩的先锋……

毛利辉元愁坏了。他大概觉得事情要糟了吧？但是，家康都进了大坂城了。哪怕跟家康打上一仗，事态都不会往好的方向发展。何况就算想打，亦唯有回封地守城一途。然而，此时的大坂城里布满随家康进城的精锐部队，想逃出大坂城哪有指望。

见毛利辉元一筹莫展，十月份后，德川家康经由井伊直政，对毛利辉元做了如下通知。

这不是家康直接的意思，而是让福岛正则和黑田长政向毛利辉元陈述——

"我们为毛利家的安泰费尽周折，然我等得知辉元公自进了大坂以来，袒护五奉行，为发往各地的文书盖章，多方助纣为虐，我等回天乏术了。"

这些事情，他们从一开始就很清楚。虽然心知肚明，却一直只字不提。

他们开出"毛利家地盘如故"的条件，让关原的毛利部队按兵不动；继而又宣称"不会对您不利"，让毛利辉元撤出了大坂城；后来则说："确实无法再保证您现有的封地了，但我等深知您诚信敦厚，定当向内府公如实禀明，请他赐您一两个国。"

闻知此事，擅自做了决定的毛利氏老臣吉川广家不知会有何等郁闷。

就这样，毛利辉元所有的安芸国等好几个令制国从将近一百二十万石被削得只剩下周防国和长门国，大概三十六万九千石吧。

不久，福岛正则调任毛利家大本营——安芸国广岛地区——的新城主，从尾张清州的二十四万石一下变成受封安芸国和备后国的四十九万八千石了。

若看福岛正则关原前后的踊跃，这封赏自是理所当然。殊不知正是由那时开始，正则踏出了厄运的第一步。

"这……"后来，安房守真田昌幸瞠目说道，"同样是跟内府比肩的丰臣家大老，中纳言（毛利辉元）真是太可怜了。唉，说他可怜，更要说他糊涂才是！像那种易如反掌之事，有哪里不好办啊？"

包括德川家康都未曾料到，二百余年之后，这毛利家竟成了明治维新时的主要动力，推翻了德川将军的幕府。

第柒话

"你不懂。直到脑袋被砍下之前，我们都不该放弃希望。搞不好就会出点儿事情吧？所以我才会注意自身的养生。"

毛利辉元被下达最后通牒的前一天是庆长五年的十月一日。是日，治部少辅石田三成和小西行长、安国寺惠琼被处死了。

再之前一天的夜里，上州沼田城的伊豆守真田信幸从妻子小松之父本多忠胜派来的急使那里收到忠胜的密函，读完登时说道："我要去一趟大坂！"火速挑选三十余名骑兵，翌日一早便从沼田动身。

庆长五年的十月一日……

石田、小西、安国寺三名囚徒早先曾被丢到大坂示众，继而到堺地区示众，又被带到担任京都所司代的奥平信昌那里。

虽说要警示天下，但上身被五花大绑、项上套着铁枷的三名败军之将被按在马上，在大坂和堺游街示众，总归是太凄惨了。

这两地无人不晓石田三成昔日的威风。

出身富商家的小西行长被按在无鞍马上在堺的大街上示众时，只要看到看热闹的人丛中有旧识面孔，便会朝他们点头微笑。

对方纷纷背过脸去，许是不忍目睹行长的末路吧。

何况，行长身负"逆贼"恶名，他们自然怕会惹来危险。

石田三成那边亦是同样情况。

小西行长不愧是基督教徒，沉着冷静；石田三成则保持着以太阁丰臣秀吉近侍身份大显本领时的高傲姿态，昂首挺胸，不见半点畏缩。只有安国寺惠琼低垂着苍白的面孔。

来到市内主要的十字街口，游街示众告一段落，押送的士兵朗读了三人的罪状。其内容让人不堪忍受，石田三成却笑称这是败将之常，完全不以为耻。

十月一日早晨，处死三人的时刻到了。

是日一早，家康称不想让他们太寒碜，命人送来应时衣服。

"哦……"小西行长完全没当回事，"谢啦！"

他道了谢便穿上衣服。安国寺惠琼依样穿了。

唯独石田三成瞅都不瞅面前的衣服一眼，向奥平家的士兵问道："这窄袖和服从何而来？"

"大人赏赐之物。"

"大人？"

此处的"大人"指的是天下人。

三成长长一叹，径直问道："哎呀呀，大人早就辞世了呢，究竟是谁要当大人啊？"

是年十月一日相当于现代的十一月六日。

京都冷飕飕、阴惨惨的天空下，行刑队伍从堀川出水的所司代府邸出发，开赴六条河原的刑场。那时，留下了一段逸话。

骑着牛去刑场的石田三成忽然提出想喝水，押送的士兵遂跑去附近的百姓家，命一位老婆婆准备热水。

老婆婆拿来热水，又往盘子里放了个柿子，送到三成骑的牛旁。

"请用。"

老婆婆递上盘子，石田三成的脸上第一次露出喜悦的微笑。

"谢谢。"

他缓缓喝完热水，温言说道："多谢您的美意，可惜我不能吃柿子了——肚子坏喽。"说完轻轻低下了头。

到达六条河原的刑场，三人被从牛背上拖了下来。这时，三成身边的小西行长说道："治部大人……"

"嗯？"

"您刚才对那位老婆婆说肚子坏了，不能吃柿子……"

"没错。"

"我们这就要被砍头，不用再养生了吧？"

只见三成惑然望着行长，说道："摄津大人，你这话说得简直不像你了。"

"啊？"

"你不懂。直到脑袋被砍下之前，我们都不该放弃希望。搞不好就会出点儿事情吧？所以我才会注意自身的养生。"

不能断言被斩首的前一刻就无人来救。三成这执著的信念让小西行长无言以对。

"到这边来！"

须臾，他刚想对三成说点什么，押送士兵便将他们给拽开了。

三人将被行刑之际，灰沉沉的天空骤降冰雹，行刑的光景益发凄惨。刑场周围警戒森严，远远围拢的群众一片死寂，凝目观看。

其中便有铃木右近忠重。

右近当天一早便从伏见的真田府邸来到刑场。

如前所述，上田的本家和沼田的分家各自留人看守伏见的真田府邸。自这场战争之初，伏见城被西军控制那一刻开始，真田府邸便被西军监视着。

当时，本家负责留守的池田纲重庇护着分家众人；而关原之战后，分家的负责人铃木右近第一时间让纲重离去。

"不要紧？"

"没关系。"

德川家康的本阵当时尚未离开大津，东军无暇监控伏见城。

铃木右近劝纲重利用这个空隙脱身，快快回到上田。

右近手下的分家士兵因主人真田信幸投向东军，得以在伏见的府邸里安下心来。

"可是，你以后会被问责的。"

"哪儿会啊……"铃木右近若无其事，答道，"不会有那种不愉快的事情，相信我。"

"那就恭敬不如从命了！"

想到上田的真田昌幸、幸村父子，池田纲重自是坐立难安。见右近这般镇定自若，他便听从了对方的劝说。

若将来被德川家康和真田信幸追究责任，右近肯定会切腹谢罪。然而，池田纲重明明知道这一点，却无法回绝右近的劝说。

后来，德川家康确实没有问责，而真田信幸虽然知道此事，却是置若罔闻。

此际，铃木右近戴着漆了油漆的斗笠，远远望着石田三成他们受刑，轻轻念佛。他的脑海里浮现出上田的真田父子的模样。

（老大人和左卫门佐大人的命运，往后将如何呢……）

右近极度担心。

他们当然免不了被问罪。

（搞不好，老大人和左卫门佐大人都会切腹的吧……）

长子伊豆守真田信幸是真田氏的分家，始终对德川家康忠诚不贰。家康无法不给予他很高的评价。所以，铃木右近觉得真田昌幸、幸村父或许会被免去死罪，亦未可知。

（但是，他们肯定会被流放或交给哪个大名幽禁的吧，那样的处罚势不会免……）

治部少辅石田三成的人头被砍下来时，看热闹群众的叹息声汇成了一阵喊叫，响彻六条河原。

接下来，小西行长被拉出来时，众人再次回归了沉默。

行长的脑袋落地时，又一次响起难以言表的喊声。

京都市民犹自深信天下是丰臣家的，故而全不掩饰对受刑三人的同情。

安国寺惠琼被拉出来时，群众中突然有人念上佛经。那动静渐渐变大，惠琼的脑袋落地时，竟高亢得如同汹涌而来的滚滚波涛。

三人的头颅分别被配上写有文字的告示牌，当日被放在三条大桥上示众。

石田三成的告示牌上写着："此人谋反，困扰京都和乡间百姓，当处此刑。"

小西行长和安国寺惠琼的则是："此人参与谋反，罪有应得。"

铃木右近的身影也出现在了这些告示牌的前面，在斗笠下默默念佛。

第捌话

反之，那些靠叛变立功的人，一段时间后基本都遭了厄运。这怕是因为这些人就算成了伙伴，亦不知何时又会背叛。

会津的上杉景胜怎样了呢？

关原之战结束后，东北方面的战斗兀自继续着。

家康次子——给下总结城家当了养子的结城秀康——正率领两万大军，联合伊达政宗（奥州岩出山城主，六十一万四千石）、最上义光（出羽山形城主，二十四万石）等东军将领对抗上衫军呢！

九月的最后一天，关原捷报到达了伊达政宗那里。上杉景胜获知西军落败亦是同日之事。然而，他们都没有停止战斗。

十月下旬，上杉景胜得知毛利辉元等人受到了处罚。

"休矣！"

景胜叹道。他决定派老臣本庄繁长去德川家康那里谢罪。

景胜大概是从负责看守伏见宅邸的千坂景亲那里得到消息，才下定决心的吧。

上杉景胜的谋臣——山城守直江兼续——勾结石田三成，直接导致了这次举兵。

据说开战之初，出兵会津的德川家康得知三成举兵，立刻掉头西上之际，直江兼续曾主张："追击，歼灭家康！"

然而，上杉景胜轻率地制止了追击。他宣称如此一来，伊达和最上等东北诸将恐怕会从背后侵略上杉氏的领土。

但事实不仅如此。这段日子里，上杉景胜的心境似颇复杂。

从那以后，景胜跟直江兼续就不太合契了。无论是直江兼续还是石田三成，用俗语说就是被"撞大运"的强烈斗志给攫住了，无法总揽大局。所以，作者我真不像世人极力褒扬的那般认可山城守直江兼续。

十月份，德川家康向伊达政宗派去急使，称明年春天将亲临会津，征讨上杉家。

让如此强硬的家康缓和下来，上杉家的工作想必颇费周折。

后来，上杉景胜决定向结城秀康求助，其效果似乎不错。翌年（庆长六年）夏季，家康同意让到景胜伏见来见上一面。

景胜带着直江兼续去伏见城拜谒了家康，向家康谢罪。

他被迁到了出羽国的米泽地区，本来的一百二十万石被减至四分之一，只剩下三十万石。

而九州的西军诸将又如何呢？加藤清正（肥后熊本城主，二十五万石）攻陷了出征中的小西行长的宇土城之后，又说服战败后回到筑后柳川城的立花宗茂，使之开城投降。

立花宗茂虽系西军将领，其表里如一的言行却博得了家康的好感，再加上加藤清正从旁说情，家康虽暂时没收了宗茂的封地，三年后又将奥州棚仓地区的一万石赐了给他。而且，家康亡故后的元和六年，立花宗茂再度当上故地（筑后柳川）的城主，官复原职……

　　像立花宗茂这样公认清正廉直的人，纵然去了敌营，落败后都得以安然无恙。只因这种人一旦变成伙伴，就会让人放心。

　　反之，那些靠叛变立功的人，一段时间后基本都遭了厄运。这怕是因为这些人就算成了伙伴，亦不知何时又会背叛。

　　不仅家康这样，秀吉和信长亦然。

　　就拿关原之战以后来说吧，不仅是立花宗茂，包括岛津义弘向家康谢罪之后，都被赐予萨摩国鹿儿岛地区的六十万九千五百石，家业得到保障。当然，如果要严惩岛津家，导致对方欲以强硬态度"决一死战"的话，家康就不得不攻往九州最南端的萨摩地区了。

　　而且，若遭到勇敢的岛津家的誓死抵抗，德川家康肯定会畏缩不前的吧？

　　丰臣家的大老之一、在关原英勇作战的宇喜多秀家彻底不知去向了。

　　秀家从溃败的战场上逃离后，好像由两名侍从保着，沿伊吹山东面的悬崖去了美浓国。他和石田三成、小西行长一样，经历了艰辛的逃难。

　　据说他们曾被到处搜寻落败武士的山贼和百姓包围，危在旦夕之际，被山间居住的浪人矢野所救。经由矢野的带领，宇喜多秀家逃往有马温泉（兵库县），化装后进入大坂，又沿海路逃向萨摩。

　　就是说，他投奔了岛津义弘。

　　他被岛津家殷谨庇佑，直到岛津义弘向家康低头谢罪。

　　（再藏匿中纳言的话，就该有麻烦了吧……）

　　岛津义弘老来怕事，到底是向家康报告了藏匿秀家一事。

秀家是大老之一，现任备前国冈山城主，封地五十七万四千石。本次战役中，他从一开始便协助石田三成，而且担任了攻打伏见城时的指挥工作。

因此，家康虽然赦免了秀家的死罪，却不会轻饶了他。

秀家被流放到八丈岛，封地被悉数没收。

然而，秀家全不介意，反倒披散头发，以"成元"自称，带着儿子秀隆和仆从们渡海抵达八丈岛。他总共活了八十四岁，以流放之身终老八丈岛，留下了下面这个故事。

战后，当上安芸广岛城主的福岛正则要将备后国三原地区的名酒进献江户的德川将军家。酒装在船上，途经八丈岛附近时，有人在对面的岩石上频频冲船招手。

"有个形容邋遢的男人向我们招手呢。"

"什么事？"

将船靠近一看，竟是被流放的宇喜多秀家！

秀家踉跄着来到海边，自报家门："我是宇喜多秀家。"

福岛正则的侍从们说不出话了。

秀家虽然佩着一柄短刀，但瘦弱的身体上穿着洗得褪了色的和服，肌肤被海风吹得粗黑不堪，胡子和头发更未打理。

"经年累月在这岛上，好久没听到故土的消息了呀……"宇喜多秀家泪眼婆娑，令人不忍正视，"可是，我刚才看到航行在海上的船只，竟然挂着进贡故乡美酒的旗标！"

备后国的三原地区，正是宇喜多秀家的故乡。

"看到这个，我不禁相思难耐，招起手来。我们很久没喝过三原的酒了……所以，希望您理解……"

宇喜多秀家双手掩面，蹲在那里。福岛家的人见状忍不住道："这是主人进献将军家的酒，我想可以分赠您一点吧。"

他们将三原美酒分给了秀家。

这时，秀家说道："那我拿点凭证给左卫门太夫大人好了……"

他手书和歌一首，缀上名字交给他们。

后来，侍从们回到广岛，将擅自分酒给秀家的事情报知福岛正则，致歉道："请您原谅！"

"干得不错！我要向你道谢。"正则神情黯然，喃喃说道，"秀家大人想来是很寂寞吧？但是……但是，总胜过给德川家当走狗啊！"

此时的福岛正则早就没有了昔日的威风。

他有些悔不当初。

第玖话

关原之战的论功行赏结果于十月十五日发布。有关胜者败者和诸国大小名的赏罚，自不必一一赘述。

而后，德川家康调整了诸大名的封地，由此完备了以江户为德川天下的大本营，对上方至西方地区进行警戒的体制。这跟丰臣秀吉昔日以大坂、京都为大本营，警戒东侧的体制形成了鲜明对比。

无疑，家康从这次的胜利中悟到了将霸权挪至关东的好处。

那之前，从沼田动身的伊豆守真田信幸快马加鞭抵达伏见的真田府邸，听完了铃木右近的种种汇报，立刻派人去大坂联系岳父本多忠胜。

岳父让他再等一等。

本多忠胜缘何将女婿真田信幸火速从沼田前来？只因他要替上田城的真田昌幸、幸村父子请命！

（我要彻底灭了真田氏本家，让安房守和左卫门佐切腹！）

德川家康似乎抱有这样的念头。

本多忠胜当然清楚此事。

虽然清楚，却不觉得真田氏本家活该被灭门。无论如何，他想让德川家康免除真田父子的死罪。

他曾数次择机缓和德川家康的怒火，但家康十分坚决："不行！"

家康曾好几次被真田昌幸"耍弄"就不说了，更重要的是他竟敢把儿子德川秀忠的第二军拖在上田，使之延误决战！

家康收老臣本多忠胜的女儿当养女嫁给真田氏分家的信幸，无非是想将旧怨一笔勾销。哪知真田氏本家的安房守昌幸竟然又一次"背叛"了他……

这想法盘绕家康的脑海，挥之不去。

别的大名们似乎都觉得上田的安房守和左卫门佐唯有一死。

德川秀忠的暴怒尤其难平，甚至曾对榊原康政说道："我真想早一天看见真田父子的脑袋！"

十月五日前后，真田信幸接到急使带来本多忠胜"速来大坂"的消息，登时从伏见府邸动身赶往大坂。

翌日，伊豆守信幸来到大坂城二丸内的府邸，拜谒了德川家康。

家康不晓得信幸来了大坂，所以当他看到从本多忠胜背后走出的信幸时，不禁瞪大了眼睛，讶道："这不是豆州吗？"

紧接着，他便仿佛洞悉了所有事情，凝目望着本多忠胜。

信幸按照岳父的吩咐叩拜家康，说了恭贺胜利的贺词。

"嘿……"家康微微一哼，喝道，"豆州，为何不打个招呼就来了呀？"

"属下惶恐。"

眼下，信幸仅因没得到家康许可便擅自西上一事，就理所当然该被问责。

见信幸无言以对，本多忠胜赶紧从旁说道："豆州大人是来帮真田安房守和左卫门佐幸村请命的……"

"不行！"家康劈头说道，"走开！"

"这'走开'是对我说的？"本多忠胜问道。

"两个人都走开！"

忠胜遂用下巴示意家康身边的两名侍从，仿佛是说："走开！"

一时间，但见忠胜热血上涌，满面通红。两名侍从被他那可怕的目光瞧得垂下了头，继而又求情般看向家康。

德川家康阴沉着脸，点了点头。

他接受了本多忠胜的要求。两名侍从退到了旁边的房间。

像忠胜这样的人，德川家康唯有另眼相看。

忠胜比家康小六岁，时年五十三岁。其先祖是丰后国（大分县）人，南北朝时来到尾张国，投效室町幕府的第一任将军——足利尊氏。本多氏的旁系由此定居三河国，从忠胜往上五代之前的本多助时开始当上德川家（松平氏）家臣。

如此一代又复一代，自是德川家的老牌家臣。

本多忠胜的勇武天下皆知，有着"胜家康之物有二，唐盔和本多平八"的美誉。他的确堪称德川家的宝物。

此人宁折不弯，纵是家康命他走开，只要他不想走，便坚决不会走开。

而家康又不能强行把他赶走。

一时间，家康怒目圆睁，再次吼道："我不会饶真田父子性命！"

"我想说的是，伊豆守大人对德川家的忠诚，天下无双。"

“嗯……”

这一点不消他说，家康自然清楚。

开战前夜，伊豆守信幸表里如一跟随家康前来，家康对他绝对信任。

——但是，这个和那个是两回事吧？

家康使劲瞪着本多忠胜，而忠胜没有因此挪开视线。

家康抓住和服裙裤的双手微微颤抖，命道：“让真田父子切腹！”

第拾话

无论家康如何重复让真田父子切腹，本多忠胜一直岿然不动。

忠胜圆睁虎目，那巨大的双眸跟家康不相上下。他那双眼睛直欲扑向家康，将之按倒在地似的，满溢着"砍下我脑袋好了"的光，定定凝视主君。

"走开！"

家康再度情绪失控。

只见忠胜缓缓摇了摇头，不肯答应。

"你难道不懂？如果饶真田父子不死，便无以警示天下！"

家康的话音里渐渐有了些劝说之意。

"可是，看在伊豆守的面子上，饶过真田父子的性命……"

"我很清楚豆州的忠诚！"

"所以，您的意思是说这种忠诚可以随意践踏？"

"这不是两回事嘛……"

"不是两回事。"

"嗯？"

"伊豆守的妻子虽然是我女儿，却又是您的养女。她嫁进了真田家。"

"那又怎样？"

"所以，豆州大人是殿下您的女婿。"

"这……"

"虽非血脉相连，但他毕竟是殿下的半个儿子。"

"嗯……"

"殿下有没有处罚延误关原之战的秀忠公啊？"

家康无言以对，只得用懊恼的眼神冷冷盯着忠胜。

（为何要在豆州面前提这种事……）

"当时，殿下不是听了我们的请求，饶恕秀忠公了？这事儿说到底也无以警示天下。"

"闭嘴！"

"我不闭嘴。"

"不管你说什么，我都要定真田父子的死罪！"

"无论如何……"

"随便你怎么求情，我心意已决！"

家康冲口而出，那言语仿佛砍到了忠胜的脸上。于是，忠胜挺起胸膛，喟然一叹，说道："是吗？"

四下里静得可怕。

"忠胜彻底明白了。"

"明白了？"

"是。"

"那就好……"德川家康似乎放下了心，"我另有要事……"

他站了起来。

"请您等等！"本多忠胜又开口说道。

"嗯？"

"您的决心非同寻常，我想是没办法了。"

"的确如此。"

"如果这样，我忠胜就无法向伊豆守大人交代了。"

"啊？"

本多忠胜接下来说出的话，让家康和真田信幸一时间震骇莫名。

"殿下不惜以我忠胜为敌，一定要取真田父子的首级？"

"以你为敌？"

"不错。"

"你说、说什么呢……"

"既然如此，我就要和伊豆守大人坚守沼田城，跟殿下打一仗了。"

他这不是讨价还价，更不是有意威胁。

他是真的那样想。

为了让真田家（包括本家和分家）归顺德川家，忠胜把女儿小松嫁给了伊豆守信幸。

这不是普通婚嫁。从某种意义上来说，小松殿就是德川家和真田家之间的使者，肩负着两家的融洽关系。

德川家康同样清楚此事。

而且，真田信幸确实理解了忠胜父女的期望。面对人生的抉择，他毅然舍弃了父亲和弟弟，投向东军。

本多忠胜深深感谢信幸这份诚意和决断。

正是有了这些前因，忠胜才称若他和信幸的请命不被接受，便唯有陪着信幸脱离家康，勇敢迎接灭亡。

家康面如死灰。

真田信幸惊得都忘了抬头。

他真没料到岳父忠胜竟会下定这般决心。

见到岳父的急使，他抱着"万一"的侥幸心理，边祈祷边从沼田赶来。而实际上，他是半带着绝望的。

（万万想不到啊，身为德川家重臣的岳父，竟会为了我和德川大人做如此抗争……真的是太感谢了……）

信幸低着头，不觉热泪盈眶。

只听德川家康"唔"、"唔"哼哼着，满是懊恼之意。

"豆州大人……"本多忠胜催促真田信幸道，"就这样吧。"

说着，他站了起来。

"等等！"家康终于发话道，"准了。"

"您说您恩准了？"

"对。"

"那您会放真田父子一条生路了？"

"嗯。"

家康微微点了点头。

"太感谢您了！"

本多忠胜重新跪坐好，规规矩矩地双手扶地，肃然叩拜。

第拾壹话

他们要等到那时再向天下展现真田家的真正价值——真田父子必定是抱有这样的激情！

结果，真田昌幸、幸村父子被判离开上田，流放纪州高野山。

他们兴许会被允许带几名侍从，但估计不到二十人吧。

目前，上田城正被仙石秀久、森忠政、石川康长等东军包围。

西军在关原战败的消息似乎传到了上田城，但真田昌幸不打算在对真田氏本家的裁决落定之前开城投降。

当得知家康决定饶了真田父子的性命时，最怒不可遏的估计就是德川秀忠了吧？

秀忠再三求父亲重新考虑，但家康只是安慰他道："罢了，忍一忍吧！"

德川家不能用名臣本多忠胜的离去来换取真田父子切腹。

尽管遗憾，但若亲自站在忠胜的立场上，肯定亦会做出同样的决断——如此想来，家康纵然憎恨真田父子，却不会憎恶忠胜。

德川秀忠自幼受父熏陶，性格谨直且不失伶俐，但据说他唯独这一次忍无可忍，对榊原康政抱怨说真想违背父亲，去攻打上田。

秀忠被真田父子的诡计耍弄，没能现身父亲家康一决生死的战场，这令他十分懊恼。其实，正是这种性格让秀忠蒙受了"没齿难忘"的奇耻大辱。

同时，秀忠深信真田氏分家的真田信幸拉拢了本多忠胜，把他当成请命的有力武器。从这时开始，他对待伊豆守信幸的感情有了微妙的变化。

（纵使他们是父亲和弟弟，但包庇谋反之人、为他们开脱罪责，难道不是僭越？岂有此理——）

本多忠胜一得到德川家康同意，便派家臣去上田城转达请命一事，希望真田父子立刻开城。

"嘿嘿，听说我们的命保住了呢！"真田昌幸苦笑道，"左卫门佐，我们该怎么办好？"

"既然这样……"

"既然这样？"

"如果活着，总归会有好戏的吧？"

"你这么认为？"

"是的。"

"嗯。"安房守昌幸深深颔首，"跟我一样。"

德川家康怀有当"天下人"的欲望，真田父子对此一目了然，却万万没想到这次的战争转眼便促成了德川家的天下。

所以，石田三成直到最后都不急着死。

德川家康同样觉得往后会很麻烦，而且会很不容易。他不能凭借武力压制诸国大名，所以便利用了最早将其野心看穿、急不可耐要讨伐他的石田三成。

　　结果，三成被当成"丰臣家的叛徒"消灭了，而家康依旧是丰臣家的大老。他既然是站在那样的立场上讨伐石田三成，就不能马上觊觎天下。今后不会再有关原那样的机会了，所以他必须发挥高度的政治力量，逐步将天下收入囊中。

　　以福岛正则、加藤清正为首加盟东军的丰臣家恩顾大名颇有几人，就算家康想用封赏拉拢他们，但只要一招有误，他们难保不会叛变。

　　太阁丰臣秀吉死后只有两年。

　　真田昌幸、幸村父子虽要被押往高野山，却宣称只要活着，很快就还有好戏。他们相信拥护丰臣家的势力，相信往后又会有几场战争。他们要等到那时再向天下展现真田家的真正价值——真田父子必定是抱有这样的激情！

　　本多忠胜的急使抵达上田城的翌日夜里，真田昌幸将樋口角兵卫唤到了地炉间。

　　"阿角啊，这几天就要开城投降喽。"

　　"很遗憾。"

　　话虽如此，角兵卫的神情却不怎么遗憾。

　　"遗憾吗？"

　　"是的。"

　　"你听说了吗？说是我和左卫门佐要被流放到高野山了哟。"

　　"是的。"

　　"恐怕只允许带十名随从。"

　　"十名……"

　　"嗯。所以今天夜里，你要和你母亲一起逃往城外，现在的话，应该还能好好准备一下的。"

"为何我非逃不可？"

"你可以回沼田。你本来不就是跟随伊豆守的吗？那样最好。那样的话，你就有着落了，就那样吧。"

"我讨厌。"

"你说什么……"

"我讨厌沼田的大人。"

"现在不是说这事儿的时候。"

昌幸不想将这个来路不明的暴徒带到高野山。

逃出沼田、返回上田的樋口角兵卫安静得吓人。因之，昌幸特别顾虑他会突然爆发。

"父亲，你仔细看看阿角的眼神。他的眼神很狂躁呢。"幸村总是说道。

尽管沉默寡言、安稳沉静，角兵卫的眼睛却总是布满血丝。

"不行！"昌幸喝道，"不管你怎么想，我都不会带你去高野山的。"

"不行吗？"

"不行。"

于是，角兵卫咧着嘴笑了。他的右眼被铃木右近弄瞎，只剩下左眼。那只独眼笑的时候总会布满血丝。

"您说不行，我也要跟着去。"

"什么……"

"我要跟着你们去高野山。"

"你这蠢东西！"

角兵卫凝望着破口大骂的昌幸，问："无论如何都不行？"

"不行！捣乱！"

"捣乱……"

"没错。"

突然，角兵卫庞大的身躯动了起来。

"啊！"

真田昌幸慌了。

只见角兵卫抽出短刀，要将刀刺入胸膛！

昌幸跳了起来，却被角兵卫推开。

昌幸虽然有五十四岁了，却颇自负膂力。此际，他想将角兵卫按倒，哪知却被对方不费吹灰之力就推开了。

"角、角兵卫，等等！"

"那，您同意让我随行了？"

"哦……"

"如何？"

角兵卫不是威胁，他是真要将短刀刺进胸膛。

那一瞬间，如果昌幸没跳起来，短刀肯定刺进角兵卫的心脏了。

"我同、同意了。"

"当真？"

"嗯……"

就算是昌幸那样的汉子，一时间亦是面色苍白，唯有点头。

"多谢了！"说着，角兵卫这回换作孩童样天真的笑脸，缓缓将短刀收回鞘中，撒娇道，"好高兴啊！"

昌幸哑然而笑。